Periscopio

PROHIBIDO TENER CATORCE AÑOS

ROBERTO SANTIAGO
Y JESÚS OLMO

PROHIBIDO TENER
CATORCE AÑOS

edebé

© Roberto Santiago y Jesús Olmo, 1998

© Ed. Cast.: Edebé, 2005
Paseo San Juan Bosco, 62
08017 Barcelona
www.edebe.com

Directora de la colección: Reina Duarte
Diseño de las cubiertas: César Farrés
Ilustraciones: Paco Giménez
Fotografía de cubierta: Masterfile

14.ª edición

ISBN 978-84-236-7676-7
Depósito Legal: B. 45479-2008
Impreso en España
Printed in Spain
EGS - Rosario, 2 - Barcelona

Índice

Capítulo uno

A ver si me explico.

No es del todo cierto que me guste dar malas noticias.

Pero me gusta menos todavía que la gente no me escuche.

Y por experiencia sé que, si quieres que alguien te escuche atentamente, no hay nada mejor que decir: «Tengo una mala noticia que darte».

Eso nunca falla.

Nunca.

Lo que ocurre es que cuando das una mala noticia, mucha gente se cree que la mala noticia eres tú, y entonces las cosas pueden empezar a liarse de tal forma que más te valdría salir corriendo de allí lo antes posible.

Es igual que cuando cuentas un gran secreto: ya nada vuelve a ser como antes.

Mi nombre es Iván.

Algunos graciosos del instituto, y también otros que son muy graciosos pero que no son de mi instituto, me dicen: «Iván..., Iván el Terrible». Y lo dicen con cara de estar diciendo lo más ingenioso que hubieran dicho en toda su vida. Si por cada vez que me han llamado «Iván el Terrible» me hubieran regalado un billete de cinco mil pesetas, ahora tendría un montón de pasta.

Desde luego no soy terrible, ni mucho menos. Todo lo contrario: en realidad, no he hecho nunca daño a nadie. Quiero decir que nunca le he hecho daño a nadie a propósito.

Creo.

Acabo de cumplir catorce años. Eso no es un gran secreto. Y desde luego, no tiene por qué ser una mala noticia.

Aunque podría serlo.

El día de mi cumpleaños, lo primero que me dijo mi padre fue:

—Cumplir catorce años no es algo que pase todos los días, Iván. Es una gran noticia.

Lo que no dijo es si se trataba de una gran noticia buena o mala.

Después me dijo que nada de ir pensando en la moto que le había pedido, y que, de momento, tampoco nada de llegar una hora más tarde por las noches los fines de semana.

Muchas de las cosas que me dice mi padre empiezan con las palabras «nada de».

Una moto por mi cumpleaños. Eso es lo único que yo quería. Pero una cosa es lo que tú quieres, y otra muy distinta lo que tus padres quieren que tú quieras.

Esto de tener catorce años no es ninguna ganga, no sé si lo he dicho.

Mi padre se pasa el día diciéndome que, como me pille fumando, me voy a enterar. Y siempre lo dice con un cigarrillo en la boca. De todas las personas que conozco, mi padre es una de las que más fuma.

«Como te pille fumando, te vas a enterar», dice, pero nunca me dice de qué me voy a enterar.

De una mala noticia, quizá.

El caso es que, en lugar de la moto, mis padres me regalaron un diccionario enciclopédico en catorce volúmenes.

Mi madre me pasó la mano por la cabeza.

—Tiene catorce volúmenes, ¿eh? —me dijo, como si yo no me hubiera dado cuenta de la coincidencia.

—Y nada de ponerlo en el salón —dijo mi padre—. Lo pondrás en tu habitación, para que lo tengas a mano siempre que quieras consultarlo.

Mi padre insistió en que abriera allí mismo la enciclopedia y leyera algo.

—Vamos, lee algo a tu madre —dijo.

Estábamos comiendo en un restaurante italiano y la gente de las otras mesas miraba de reojo el numerito que habíamos montado con mi cumpleaños y con la dichosa enciclopedia.

Creo que sentí un poco de vergüenza. Habría dado lo que fuera por estar lejos de allí, en cualquier otra parte, con tal de no ser el centro de atención.

—Sí, sí, léenos algo, Iván —dijo mi madre.

Por debajo de la mesa hice una bola con mi servilleta y la estrujé entre mis manos.

En voz muy baja, murmuré:

—Preferiría no hacerlo.

Y era verdad. Hubiera preferido hacer muchas cosas antes que leer un diccionario enciclopédico en voz alta en medio de un restaurante italiano.

—¿Cómo dices? —me preguntó mi padre, que no me había oído.

—Que preferiría no hacerlo —afirmé.

—Iván... —dijo mi madre, que sí me había oído, poniéndome otra vez su mano sobre mi cabeza.

Entonces me di cuenta de que no tenía escapatoria. Si no terminaba pronto con aquello, las cosas podrían empeorar. Pensé que mis padres serían capaces de avisar a los camareros y ponerse a dar palmas con toda la gente del restaurante para animarme a leer.

Así que cogí el sexto volumen de la enciclopedia, «Heliotropo-India», y lo abrí por una página al azar.

Empecé a leer lo primero que vi:

—«Ícaro. Figura de la mitología griega. Ícaro escapó del laberinto de Creta volando con alas de cera. Desobedeció los consejos de su padre Dédalo y se acercó demasiado al Sol...»

—¿Cómo dices? —volvió a decir mi padre.

—Ícaro, papá. Escapó del laberinto volando con alas de cera... —repetí.

—¿Desobedeciendo a su padre? —dijo—. ¿Un mito griego desobedeciendo a su padre? ¿Qué clase de mito es ése?

—...Ícaro desobedeció a su padre y se acercó demasiado al Sol —volví a leer.

Mi padre me volvió a preguntar si estaba seguro de que ahí ponía que Ícaro no había hecho caso a su padre.

Le expliqué que, finalmente, Ícaro se acercó tanto al Sol, que sus alas se derritieron y murió ahogado en el mar. Mi padre se quedó callado, moviendo la cabeza de un lado para otro, como si el tal Ícaro se tuviera merecido todo lo que le pasara.

Durante el resto de la comida mi padre casi no dijo nada. Tan sólo, al final, mientras apuraba su taza de café, repitió en voz baja un par de veces: «mitos griegos..., mitos griegos...».

Por lo que se ve, hasta los mitos griegos tienen un padre al que obedecer. A lo mejor Ícaro tenía catorce años cuando se chamuscó las alas. Ésa sí que debió de ser una mala noticia para él: enterarse de que con unas alas de cera uno no puede llegar muy lejos, y mucho menos hasta el Sol.

Yo sé muchas cosas acerca de las malas noticias y todo eso.

Si la noticia que tienes que dar es muy mala, es conveniente dar otra buena antes o después. Preferiblemente después.

Para compensar.

El problema es que no abundan las buenas noticias.

Otro problema es que algunas veces, cuando quieres darte cuenta, te has acercado demasiado a la mala noticia.

Como Ícaro.

Si hubiera sabido cómo le iba a ir, no creo que se hubiera empeñado en acercarse tanto al Sol.

También es verdad que son muy pocas las buenas noticias que un chico de catorce años puede darle a sus padres.

En realidad sólo existen dos tipos de noticias: las que no le dirías a nadie y las que no puedes evitar contar. De las primeras hay muy pocas, porque, si tienes una noticia, lo más difícil del mundo es aguantarte y no contarla.

Sobre todo si es mala.

Hasta hace muy poco yo me consideraba inmune a las malas noticias. Igual que uno de esos apicultores que ya no sienten nada cuando les pica una abeja.

Pero no.

Dar una mala noticia puede doler tanto como escucharla. O aún más.

Sin embargo, por alguna razón, siempre terminas contándola.

Incluso una vez llegué a pensar que la única mala noticia que alguien podía darme era que el mundo se había quedado sin malas noticias que dar.

Si eso llega a ocurrir algún día, quizá me sienta como un verdugo que pierde su trabajo porque han abolido la pena de muerte.

Con los apicultores no tengo ni idea de qué pasará, pero sí sé que la gente acaba dándole la espalda a los verdugos.

Ahora también sé que lo peor de una mala noticia es que, cuanto más cercana a ti sea la persona a quien se la tienes que dar, más fácil es que tú también acabes formando parte de ella.

De la mala noticia, quiero decir. No de la persona.

O sea, que si cuentas una mala noticia, al final lo pasas muy mal: la gente acaba creyendo que el recadero y el recado son la misma cosa.

«¿Por qué tuviste que decírmelo?», te dirán.

El problema es que, si te callas y no cuentas la mala noticia, lo puedes pasar peor todavía, porque luego la gente se te echa encima al enterarse de que tú sabías más de lo que parecía.

«¿Por qué no me lo dijiste?», te dirán.

Pero lo peor, sin duda, es cuando la gente se entera de que le has dado la mala noticia a quien no debías.

«¿Por qué se lo dijiste?», te dirán.

Es muy difícil tomar una decisión sobre este asunto.

Recuerdo que una vez, cuando yo era pequeño, le dije a mi padre:

—Papá, tú eres un gigante, ¿a que sí?

Supongo que le dije esa tontería porque en aquella época yo era muy pequeño y estaba hecho un lío y me parecía que mi padre era la persona más alta y más grande del mundo.

—Nada de eso, nada de eso —me dijo mi padre.

—Pero... ¿tú cuánto mides, papá? —le pregunté.

—Mido exactamente... la longitud de una cuerda —me contestó, y no dijo nada más.

Al principio yo me quedé muy tranquilo con su respuesta, pero luego me di cuenta de que aquello podía significar cualquier cosa, porque una cuerda podía medir lo que tú quisieras. Todo dependía de lo larga o lo corta que para ti fuera esa cuerda.

Nunca se lo he dicho a mi padre, pero ahora, cuando no sé qué hacer o cuando no sé qué decisión tomar o cuando me hago alguna pregunta que no sé cómo responderme, pienso en la longitud de esa cuerda y me siento mejor.

No mucho mejor.

Pero sí un poco.

Capítulo dos

Esto es lo que ocurrió.

Es domingo. Pablo y yo estamos en una piscina, tumbados boca arriba en un par de hamacas. Han pasado casi dos semanas desde que acabó oficialmente el verano, pero todavía hace buen tiempo y ésta es una de las pocas piscinas que aún están abiertas.

La verdad es que hoy no he venido a la piscina a darme un baño ni a tomar el sol.

Al principio Pablo no quería venir, pero yo he insistido. Le he dicho que este último baño sería algo así como nuestra despedida del verano. Eso tampoco le ha convencido mucho, pero al final ha venido. De mala gana, pero ha venido.

Creo que mi amigo Pablo se huele algo.

Y eso que él todavía no tiene ni la más remota idea de para qué le he traído. Le he hecho venir conmigo para decirle algo que le va a estropear el día.

Y puede que algo más que el día.

Mañana lunes empezamos las clases en el instituto.

Pero ésa no es la mala noticia. Ojalá fuera ésa la mala noticia que tengo que darle. A estas alturas, cualquiera que tenga entre catorce y dieciocho años ya se ha enterado de que las clases del instituto empiezan mañana lunes.

He traído a Pablo a esta piscina porque sé que, si tienes una mala noticia que darle a alguien, hay que procurar hacerlo en un lugar donde luzca un poco el sol y donde haya gente.

Darle a alguien una mala noticia en un vagón de metro vacío o dentro de un ascensor sería un auténtico crimen.

—¿Ves lo que yo veo? —me pregunta Pablo de repente, quitándose las gafas de sol.

—Si yo viera lo que tú ves —le digo—, yo sería tú. Y si yo fuera tú, ya no podría ligar con tu hermana Natalia, porque entonces tu hermana Natalia sería mi hermana Natalia, y eso sería...

—Eso sería una tontería —dice Pablo.

Y luego añade:

—Te gusta liar las cosas, tío. Te encanta liarlas.

—¿Por qué dices eso? —digo yo.

—Tú verás.

Pablo me mira con una de sus sonrisas maliciosas. Aunque hay más malicia que sonrisa.

—Tú verás —repite.

Mi amigo Pablo, cuando no sabe qué responder, siempre dice «tú verás» un par de veces.

16

Pablo y yo nos fijamos en dos chicas que pasean alrededor de la piscina.

—Carne de primera.

Eso lo dice Pablo, no yo.

No me gusta nada oír a Pablo ni a nadie hablar de esa forma sobre las chicas, como si fueran ganado o algo así. Pero no le digo nada. Supongo que hoy mi amigo Pablo puede permitirse hablar como quiera de las chicas, aunque él todavía no sabe por qué.

Lo cierto es que no están nada mal esas dos chicas, sobre todo una de ellas, la que lleva un bañador amarillo. Esta noche la habré olvidado, pero de momento decido mirarla durante unos minutos como si fuera la única chica del mundo.

A mí la que de verdad me gusta es Natalia, la hermana de mi amigo Pablo. No sé si ella lo sabe ya. Supongo que sí, aunque yo desde luego nunca se lo he dicho personalmente. Además creo que tiene novio, pero no estoy seguro, y si lo tiene, peor para él. O para mí.

No sé si decirle a una chica «me gustas» es una noticia buena o mala. A lo mejor no es ninguna de las dos cosas. El caso es que no es nada fácil para mí decírselo. No sé cómo hacerlo.

Y eso que la conozco desde hace tiempo. Si estuviera en mi clase, quizá sería más fácil, pero ella es de un curso superior al mío. Todos los días me digo: «mañana me acerco a ella y le invito a un café en el bar del instituto»; o bien: «mañana la llamo y le pregunto si quiere salir a tomar algo conmigo». Pero al final nunca me lanzo.

Una vez mi madre me dijo que yo era como el Oso Perezoso del cuento, aquel que siempre dejaba para mañana lo que ya había dejado para hoy. Y seguramente tiene razón. Las madres, al final, siempre tienen razón. Eso dice mi madre.

Pensaba pedirle consejo a Pablo sobre lo de su hermana, pero después de lo que estoy a punto de decirle se va a quedar tan hecho polvo que no creo que le queden ganas de hablar sobre Natalia. Bueno, de todas formas, mañana veré a Natalia en el instituto.

Ya se me ocurrirá algo.

Pero hoy no he venido a esta piscina a bañarme ni a pensar en chicas ni a verlas pasear.

—Antes me has preguntado si yo veía lo que tú veías —le digo a Pablo.

—Sí —dice él—. Veo chiribitas allá arriba, moviéndose delante de mí. Son como transparentes, pero no del todo. Si las sigo con la vista, se escapan. Como si estuvieran vivas o algo así.

Sigo sin saber cómo decirle a Pablo lo que tengo que decirle.

Quizá no soy tan bueno como yo creía a la hora de dar malas noticias.

Como no tengo ninguna buena noticia que darle para compensar, se me ocurre empezar por una pequeña mala noticia sin importancia. Para ir poco a poco.

—No te engañes, Pablo —digo—. Esas chiribitas que ves cuando miras al cielo son células muertas de tus ojos, que flotan en tu retina. Se llama miodesopsia, creo, o algo así. Lo leí en mi diccionario enciclopédico.

18

Pablo me mira como si yo fuera un insecto repelente que no mereciera vivir.

—Pues podías haberte ahorrado la explicación, señor profesor —me dice—. Haces que las cosas pierdan todo su encanto.

En ese momento, dejo de pensar en presente y trato de imaginar cómo serán las cosas en el futuro, cuando el tiempo haya pasado por ellas.

Me pregunto qué aspecto tendrá este mismo lugar durante el invierno. Imagino el césped endurecido, descolorido; las hamacas amontonadas y olvidadas en cualquier rincón, encajadas unas encima de otras. Si me concentro un poco, veo la piscina vacía, con el suelo sucio y encharcado, lleno de hojas caídas. Es una visión triste, pero hay algo en ella que me tranquiliza, no sé cómo explicarlo.

—No sabía que las cosas tuvieran encanto, señor poeta —le digo a Pablo.

—Algunas cosas sí que lo tienen.

Pablo se vuelve hacia mí, pone los ojos en blanco y luego me mira con ese gesto de «eres incorregible y nunca cambiarás, tío».

—Lo que ocurre —dice—, es que tú estás ciego, querido amigo.

—¿Conque estoy ciego, eh?

—Completamente.

—Dime una sola cosa que tenga encanto, vamos.

Pablo finge que se lo piensa un momento, pero lo que dice me suena a respuesta preparada.

—Belén, por ejemplo. Belén tiene encanto, y mucho. ¿Algún problema?

«Yo, ninguno —pienso—, pero tú sí, y no sé cómo decírtelo.»

Belén es la novia de mi amigo Pablo. Y también es parte de la mala noticia que tengo que darle. Por eso me alegro de que él mismo haya sacado el tema. Eso me lo pone más fácil.

Aunque no mucho más.

De momento me quedo en silencio. Acerco mi bolsa de deporte, abro la cremallera de uno de sus bolsillos, saco mi chocolate blanco de las malas noticias y le doy un bocado. Yo creo que todo es una cuestión del paladar y que comer algo dulce antes de dar una mala noticia ayuda bastante. Le ofrezco un poco a Pablo, pero él lo rechaza con un ligero movimiento de cabeza.

—¿Algún problema? —repite.

Sí, está claro que mi amigo Pablo se huele algo. Se lo noto en la voz. Mastico el chocolate y digo:

—Reconozco que da gusto veros juntos, siempre tan contentos que parece que estáis a punto de salir volando. Aquello tenía cierto encanto, sí.

Entonces Pablo se vuelve rápidamente hacia mí y se incorpora sobre su hamaca. Me mira fijamente.

—¿Tenía? —dice—. Has dicho «tenía cierto encanto». Lo has dicho en pasado, Iván.

Sostengo su mirada lo mejor que puedo.

No es nada fácil sostener la mirada de una persona a la que tienes que dar una mala noticia, sobre todo cuando esa persona ya sospecha que algo malo se avecina.

—Pablo, escucha —le digo.

—Sí...

Le doy otro bocado a mi chocolate blanco y sigo:

—Tengo que darte una mala noticia, Pablo.

Ahora Pablo está escuchándome.

Ya lo creo.

—Pablo —digo—, anoche vi a Belén. Estaba en La Colmena, tomando *minis*. De cerveza, creo. Ella no me vio a mí.

Pablo cierra un poco los ojos, no mucho, lo justo para poder mirarme cuando me dice, aparentando tranquilidad:

—No puede ser. Yo ayer no podía salir porque tenía cena familiar y Belén me dijo que, si yo no salía, que entonces ella tampoco..., que se iba a quedar en casa viendo la tele y leyendo un rato... Eso me dijo.

Ha llegado el momento. Lo noto. Entonces pienso: «Perdóname, Pablo».

Y lo hago.

O mejor dicho, lo digo.

—La vi con otro, Pablo. Belén estaba con otro tío, te lo juro. Lo siento, pero tenía que decírtelo.

Ahora Pablo cierra los ojos del todo y se queda un rato así, totalmente inmóvil, recostado sobre su hamaca. Parece que está en medio de una especie de trance, como uno de esos monjes orientales que se concentran mucho para olvidar algo o para recordar algo.

O para que ocurra algo.

Pero no ocurre nada.

Cuando Pablo vuelve a abrir los ojos, se pone a mirar el agua azul de la piscina.

—Pablo —digo—, no le digas a Belén que yo te lo he dicho, ¿vale?

—Sí, sí, no te preocupes por eso —dice Pablo, sin dejar de mirar la piscina.

Supongo que, si uno está en la piscina y alguien le dice de golpe algo como lo que yo acabo de soltarle a Pablo, lo único que puede hacer es ponerse a mirar los reflejos del agua e intentar no pensar en nada. Creo que si mi amigo Pablo y yo hubiéramos estado en la playa, él se habría puesto a mirar el mar, seguro.

Mirar el mar es lo mejor que puede hacerse cuando no se sabe qué hacer.

—¿Estás seguro? —murmura él.

Su voz suena ahogada, rara. Como si hablara con la cabeza metida en una bolsa de plástico.

Yo le miro. Veo su cara de perfil. Creo que nunca había visto el perfil de mi amigo durante tanto tiempo seguido.

—Sí, estoy seguro —digo—. Lo vi con mis propios ojos. Estaba enrollada con él. No sé quién era el tío, no pude verle bien; estaba de espaldas. Sólo vi que era alto, moreno. Parecía mayor. No sé...

Pablo vuelve a mirarme un momento antes de dirigir otra vez la vista hacia la piscina.

—No me refería a eso —me dice—. Lo que quería decir era si estabas seguro de que tenías que decírmelo.

La verdad es que ésa es una buena pregunta. Una de esas preguntas que preferirías que nunca te hicieran.

No sé qué responder.

Ya se me ocurrirá algo.

Así que yo también me pongo a mirar el agua de la piscina mientras guardo mi chocolate blanco. Por hoy ya he tenido bastante. Se está haciendo tarde. Apenas hay gente bañándose. Las nubes cubren el Sol. Desaparecen los reflejos en el agua, que ahora parece más espesa, menos transparente. Se levanta una ligera brisa. Luego la brisa se convierte en un ligero viento que sopla a rachas cortas e intermitentes. De reojo veo cómo Pablo se frota los hombros con las manos.

Por un instante me ha parecido verle tiritar.

Nunca había visto tiritar a mi amigo Pablo.

En el puesto del socorrista hay una bandera blanca. La bandera ondea en lo alto del mástil produciendo un ruido que me hace pensar en unas sábanas puestas a secar, agitadas por el viento. Pablo, que sigue sin mirarme, dice:

—Una vez leí que en la antigua Grecia le cortaban la cabeza a los mensajeros que traían malas noticias.

Tampoco sé qué responder a eso, así que lo único que digo es:

—Eso dicen.

El golpeteo de la bandera blanca ya no me hace pensar en unas sábanas secándose al viento. Ahora me hace pensar en muchos látigos golpeando contra una espalda desnuda.

Creo que hoy el chocolate blanco no me ha servido para nada. Noto un sabor muy amargo en la boca.

Yo también empiezo a tener frío.

Pablo y yo salimos de la piscina y nos vamos directamente a casa. Apenas nos dirigimos la palabra en

24

el autobús. Me gustaría decirle algo, unas palabras, lo que sea.

Pongo una mano sobre su hombro, pero en seguida la retiro. No es tan fácil poner una mano sobre el hombro de un amigo que se encuentra mal. Hay que saber hacerlo.

Al bajar del autobús le pregunto si quiere compañía esa noche. Le digo:

—Si te apetece, puedes dormir en mi casa. En fin, podemos hablar.

—Gracias, pero no. La verdad es que prefiero estar solo.

—¿Y qué vas a hacer? Me refiero a qué vas a hacer con todo lo que te he contado...

—No lo sé —Pablo me lo dice como si estuviera cabreado conmigo o algo así—. Ya pensaré algo. O no, no lo sé. No tengo ni idea. Por ahora no tengo ganas de pensar.

—Vale, vale. Entiendo.

Antes de despedirnos, le digo:

—Bueno, mañana nos vemos en el instituto.

Pablo dice, sin mirarme:

—Sí. Allí estaré.

No sé si Pablo va a llamar esta noche a Belén. Sólo sé que me alegro de que Belén no estudie en el mismo instituto que nosotros.

No puedo imaginar nada peor que enterarte de que tu novia se ha liado con otro y tener que mirarla a los ojos justo el primer día de clase.

Capítulo tres

I ván, tienes la cabeza cortada.

Es la voz de mi madre al entrar en casa.

—¡¿Qué?! —digo yo.

—Que tienes la cabeza mojada.

—Ah, claro —digo—. Vengo de la piscina. ¿Qué esperabas?

—Yo no esperaba nada —dice mi madre—. Lo único que espero es que este año no vuelvas a constiparte.

Pienso: «Mamá, por favor, que ya tengo catorce años». Pero no digo nada.

Mi madre dice:

—Ah, oye..., te ha llamado una chica.

Mi madre lo dice como si nunca en toda mi vida me hubiera llamado una chica por teléfono, lo cual es casi verdad. Parece que mi madre está esperando a que yo le dé alguna explicación.

—¿Quién era? —pregunto.

—Ya te lo he dicho..., una chica.

—¿Tenía nombre?

—Todo el mundo tiene nombre, Iván. Incluso las chicas...

—¿Y no te lo ha dicho, mamá?

—Sí, creo que ha dicho que era... Verónica, o algo así. No, espera: Belén.

—¿Belén?

—Dijo que llamaría más tarde.

En ese momento el teléfono empieza a sonar.

Mi madre y yo miramos el aparato. Está sobre la mesita de la entrada, a medio camino entre los dos.

El teléfono sigue sonando.

Es curioso, cuando uno mira fijamente un teléfono que está sonando, parece que suene más fuerte todavía.

—Será para ti. Esa chica —dice mi madre, y se da media vuelta.

Descuelgo el auricular muy despacio, con las dos manos. Está un poco húmedo, igual que mi cabeza.

—¿Sí? —digo.

—¿Iván?

Es la voz de una chica. Me siento un poco raro. Quizá sea porque hace mucho tiempo que ninguna chica pronuncia mi nombre.

—¿Quién es? —digo.

—¿Está Iván?

—¿De parte de...?

—Soy Belén. ¿Eres tú, Iván?

—Sí, soy yo.

Belén me pregunta si podemos quedar un rato. Dice que quiere hablar conmigo. Que yo soy el mejor amigo de Pablo y que quiere hablar conmigo.

—¿Podemos quedar un rato? —me dice—. Quiero hablar contigo. Sé que eres el mejor amigo de Pablo...

Le digo que sí a las tres cosas.

Quedamos en el Rompe dentro de una hora. «Rompe» es una abreviatura de Rompehuesos. Así llamamos a un pequeño parque que hay enfrente del instituto. Más que un parque, es sólo un pequeño solar de tierra seca donde los niños más pequeños del barrio juegan cuando salen del colegio. Hay un balancín de madera carcomida y dos viejos columpios oxidados hechos con neumáticos de coche. Le llamamos Rompehuesos porque siempre hay algún niño que acaba con un par de puntos en las rodillas o en la cabeza.

Cuando llego al Rompe, Belén ya está allí, esperándome. Está sentada en uno de los columpios, balanceándose un poco. Tiene una pierna sobre la otra. Es extraño: desde lejos parece que sólo tenga una pierna.

—Hola —digo, sentándome en el otro columpio.

—Hola, Iván.

—Hola —digo otra vez.

—Tengo que pedirte un favor —dice.

—Tú verás.

—Qué curioso. Eso es lo que suele decir Pablo. Te lo ha pegado.

Seguramente Belén tiene razón, pero yo no digo nada. Me doy un poco de impulso con los pies para balancearme. Las cadenas de mi columpio chirrían.

Noto cómo el neumático sobre el que estoy sentado se dobla bajo el peso de mi cuerpo.

—El favor es que no le cuentes a Pablo lo que yo te voy a contar.

—Pero es que Pablo es mi mejor amigo. Tú misma lo has dicho.

—Precisamente por eso te lo cuento a ti...

De repente me doy cuenta de lo extraño de la situación. Allí estamos Belén y yo, en un solitario parque, sentados en un par de columpios, como dos niños, hablando de mi amigo Pablo. Sólo dos personas que se traen algo raro entre manos se verían a estas horas y en un sitio como éste. Me siento como si estuviéramos conspirando o algo así. Y esto me hace pensar en lo que suele ocurrirles a los conspiradores en las películas. Acaban acribillados, o quemados, o ahogados, o devorados por las fieras.

«O con una brecha en la cabeza por caerse de un columpio», pienso.

Entonces digo:

—De acuerdo. No le contaré a Pablo que he estado contigo, ni le contaré nada de lo que me digas... si tú no quieres.

Belén parece quedarse muy tranquila con mis palabras. Las personas siempre se quedan muy tranquilas cuando les dices justo lo que quieren escuchar. Pero lo que he dicho sólo son palabras, y sólo significan lo que cada uno quiera que signifiquen.

Como la longitud de una cuerda.

Belén se da más impulso con los pies. Me pregunto por qué las cadenas de su columpio no chirrían.

—Tienes nombre de zar de Rusia —dice Belén—. Iván el Terrible.

—Sí...

—Supongo que ya te lo ha dicho mucha gente.

—Sí.

—Pero tú no eres terrible.

—No. Quiero decir, si tú lo dices...

—Eres un buen chico, Iván. ¿Lo sabías?

La verdad es que no lo sabía. Pero no es eso lo que le digo. Lo que le digo a Belén es:

—Ya.

Entonces ella frena con los pies y deja de balancearse.

—Un buen chico —repite ella, mirándome.

Yo miro hacia otro lado. Son las ocho de la tarde, ya es casi de noche.

—He engañado a Pablo —dice Belén.

Yo actúo como si no hubiera escuchado lo que acaba de decirme Belén. El instituto, enfrente de nosotros, es un edificio muy oscuro. Parece una vieja y enorme mansión abandonada. Cuesta un poco creer que al día siguiente se va a llenar de gente y que todos nos reencontraremos allí y que nadie sabrá nunca que la tarde anterior Belén y yo estuvimos hablando en el Rompehuesos.

—Le he engañado —dice—. Ya está. Ya lo he dicho.

Sí, ya lo ha dicho. Y parece que se ha quedado muy a gusto haciéndolo. A veces las malas noticias son como un bulto que la gente se quita de encima parà pasárselo a otro. Lo que acaba de decirme Belén es una

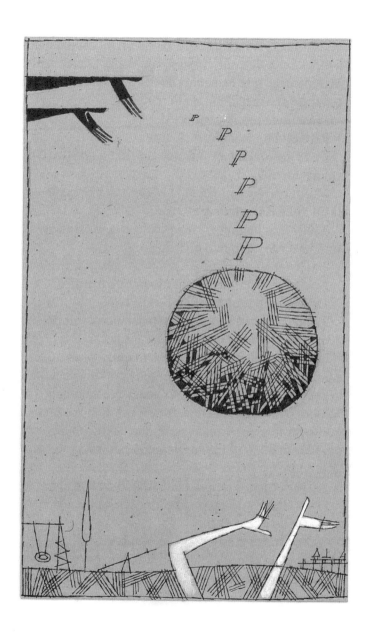

mala noticia, sin duda, pero como yo ya estaba enterado, es un bulto que no me pesa nada. O casi nada. Quiero decir que el hecho de que Belén me lo esté contando no resulta tan malo para mí.

Más bien todo lo contrario.

Pero ella no lo sabe.

Ella cree que me está dando una mala noticia. Una noticia horrible.

—¿Que le has engañado? —digo—. ¿Quieres decir que le has... mentido?

—No exactamente —responde ella—. Bueno, sí. No. No sé. Sí, supongo que sí.

—Tú verás.

Belén se pone muy seria, me mira y me dice:

—Yo siempre he confiado en ti, Iván.

Primero me dice que soy un buen chico y ahora me dice que siempre ha confiado en mí a pesar de que ella y yo no nos conocemos de nada. O quizá precisamente por eso. La verdad es que en toda mi vida he hablado con Belén una docena de veces como mucho. Y siempre con Pablo delante. No sé por qué me cuenta todo esto a mí. Lo lógico sería que se lo contara a su mejor amiga, no al mejor amigo de su novio. No tiene sentido.

—De verdad, siempre he confiado en ti —dice.

—Ya. Pero a lo mejor me lo estás contando para que yo se lo cuente a él.

—No, nada de eso, nada de eso, Iván.

«Eso es lo que suele decir mi padre, pero él no ha podido pegártelo, Belén», pienso, y estoy a punto de decírselo, pero no lo hago porque ella no sabría de qué estoy hablando. Además, no quiero que piense que quiero cambiar de tema.

Lo que sigo sin entender es cómo puede alguien confiar en mí cuando la mayor parte de las veces... ni siquiera yo confío en mí mismo, no sé cómo explicarlo.

—No sé qué hacer.

Eso no lo digo yo, lo dice Belén.

—No sé qué hacer —repite—. Estoy agobiada.

—Me alegro mucho —digo—. De que confíes en mí, no de que estés agobiada.

Después me cuenta que hace tiempo que quiere dejar de salir con Pablo, que no se entiende con él, y que no sabe cómo decírselo. Que no se atreve por miedo a hacerle daño.

—No sé, ya no es igual que antes —dice.

Es curioso. Es como si me estuviera pidiendo consejo acerca de la mejor manera de darle una mala noticia a mi amigo.

Lo único que se me ocurre responderle es:

—Simplemente díselo.

Pero creo que ella no me escucha. Sigue hablando. Sigue explicándome cuánto le importa Pablo, cuánto daría ella por no hacerle daño.

—Pablo me importa tanto, tanto... —dice—. Daría lo que fuera por no hacerle daño. Por no hacerle ni un rasguño, ¿entiendes?

También me habla sobre algunas cosas que ella pensaba cuando era una niña.

Es sorprendente la cantidad de cosas personales que te puede contar una chica a quien casi no conoces cuando está sentada junto a ti en un columpio.

—Cuando yo era pequeña... —empieza a decir—, ¿sabes?, cuando yo era pequeña me gustaba pensar que todos los problemas acabarían solucionándose sin necesidad de que nadie sufriera. Pero luego creces y te das cuenta de que no es así... Además...

Belén deja de hablar. Parece que de repente hubiera olvidado lo que quería decir o no supiera cómo decirlo.

—¿Además qué? —digo yo.

Me gusta la sensación que produce hacerle a alguien una pregunta cuya respuesta tú ya sabes de antemano. Me gusta porque es la mejor forma de ver qué cara pone esa persona cuando está diciendo la verdad o está a punto de hacerlo. Eso ayuda luego a distinguir la cara que pondrá cuando esté mintiendo.

Belén se mira las manos detenidamente, como si las palabras que no encuentra estuvieran escondidas en las líneas de sus palmas.

—Además... me gusta un chico —dice por fin.

Yo dejo de balancearme y luego me quedo quieto, como si ya no tuviera fuerzas para seguir columpiándome. Es una forma tan buena como otra cualquiera de fingir que la noticia me ha dejado pasmado.

—¿Quieres decir «otro» chico? —digo.

—Sí, tú no sabes quién es. Le conocí... Bueno, da igual cómo le conocí. El caso es que he estado saliendo con él últimamente.

—¿Y cuánto tiempo es «últimamente»?

—Una semana. Bueno, dos. Ayer hablé con Pablo y tuve que mentirle. Le dije que no me apetecía salir,

34

que me iba a quedar en casa...

—Leyendo un rato, ¿no? —le digo a Belén.

Ella me mira con desconfianza.

—Me lo ha dicho Pablo —digo—. Hoy hemos estado en la piscina, hablando de todo un poco, y me ha dicho eso mismo: que ayer te quedaste en casa viendo la tele y leyendo, nada más.

—¿Habéis hablado de mí?

Recuerdo las palabras de Pablo: «Belén tiene encanto, y mucho».

—De ti y de muchas otras cosas —le digo a Belén—. Yo creo que él... está muy bien contigo.

—Ya lo sé, ya lo sé. Eso es lo peor.

Belén saca del bolsillo de sus vaqueros un paquete de chicles.

—Fresa ácida —dice—. Me encanta. ¿Quieres uno?

—Gracias, no.

Al ver cómo mastica Belén su chicle, me acuerdo de que no he comido nada antes de salir de casa, cuando regresé de la piscina. No me importaría comer algo. Algo dulce, quizá.

Un trozo de chocolate blanco, por ejemplo.

—Díselo a Pablo —repito.

—Ya te he dicho que no sé cómo.

—Pues inténtalo. Creo que Pablo se merece que lo intentes, ¿no crees?

Belén se queda en silencio.

Me pregunto qué estará haciendo Pablo en este preciso instante.

A lo mejor está llamando por teléfono a Belén.

O a mí.

La idea de que Pablo esté llamándonos a cualquiera de nosotros dos me hace sentir un escalofrío por todo el cuerpo.

Luego trato de imaginarme a Pablo en su casa, viendo tranquilamente la televisión, o leyendo un cómic..., pero no lo consigo.

No lo consigo y eso me pone nervioso, muy nervioso.

Me levanto de mi columpio y le digo a Belén que lo siento mucho, que me ha gustado hablar con ella pero que ahora tengo que irme a casa porque acabo de recordar que debo hacer una cosa muy importante.

—Bueno, como quieras... —dice.

Ella también se levanta de su columpio y me dice que está segura de que yo no le contaré nada de esto a Pablo.

—Sé que no se lo contarás —dice—. Estoy segura.

Le digo que puede estar tranquila, que esto será como un secreto entre ella y yo.

—Puedes estar tranquila —digo—. Esto será como un secreto entre tú y yo.

Me dice que se lo prometa.

—Prométemelo.

—Te lo prometo —digo.

—Bueno, hasta luego.

—Hasta luego.

Belén y yo nos damos un beso en la mejilla.

Nos vamos en direcciones opuestas. Vuelvo la cabeza hacia el Rompehuesos y veo cómo Belén desaparece tras una esquina. Miro durante un instante los columpios. El de Belén está quieto, pero el mío todavía se balancea un poco.

Belén y yo no nos hemos dado dos besos, como hace todo el mundo.

Nos hemos dado un beso en la mejilla.

Sólo uno.

Capítulo cuatro

El primer día de instituto se parece mucho a un partido de fútbol amistoso. No hay ningún punto en juego, pero todo el mundo está empeñado en demostrar algo.

Sobre todo los nuevos.

Tienen que dejar claro desde el principio que saben lo que se traen entre manos, porque saben que, mientras no se demuestre lo contrario, cualquier novato no es más que eso: un novato.

Samsa dejó claro desde el primer momento que no había venido a este instituto a dejarse pisotear. Samsa en realidad se llama Gregorio, pero luego nos enteramos de que en el instituto de donde él venía todo el mundo le llamaba Samsa. Al parecer le llamaban así desde que estudiaron el rollo ese de *La metamorfosis*, esa novela de un tipo que se despierta una mañana convertido en un enorme insecto.

—Tú, sujétame la carpeta mientras voy a mear —dijo Samsa.

Estábamos en el patio del instituto, esperando a que sonara el timbre para entrar en clase. Hablábamos de los profesores y de las chicas nuevas, y de fútbol, y del verano, y de algunas otras cosas importantísimas para nosotros, y entonces apareció Samsa con su tos y con su aspecto debilucho. Se acercó a García Llano, que es el tío más alto, más grande y más fuerte del instituto, y le dijo delante de todo el mundo:

—Tú, sujétame la carpeta mientras voy a mear.

A partir de ese momento, podían pasar muchas cosas, pero lo que estaba claro es que aquel novato no iba a pasar desapercibido.

En el peor de los casos, Samsa era un loco, o un suicida, o ambas cosas a la vez, lo cual tampoco estaba nada mal para empezar.

García Llano nos miró a los demás como si estuviera diciéndonos: «¿Pero habéis visto esto, chicos?». Luego miró a Samsa y le dedicó una de esas sonrisas que hielan la sangre. Supongo que en ese momento García Llano debió de pensar que no podía consentir aquello si quería seguir siendo el tío más peligroso y respetado de todo el instituto y, además de serlo, parecerlo.

Pero García Llano no dijo nada. Simplemente le cogió la carpeta a Samsa y se la estrelló en toda la cabeza. Fue un golpe seco y directo, de los que sólo pueden dar los que tienen mucha experiencia en eso de ir dando golpes por ahí.

Samsa cayó al suelo.

Todo el mundo contemplaba la escena, pero nadie hizo nada, por supuesto. Al ver a Samsa en el suelo, aturdido, tocándose la cabeza con una mano, con aquella expresión atontada, como si se le hubiera caído el mismísimo cielo encima, tuve de pronto la impresión de que aquel delgaducho con la cara picada de viruela no me iba a caer del todo mal.

Samsa se levantó, tosió un poco, se sacudió los pantalones como si no hubiera pasado nada, dio media vuelta y entró en los servicios del patio.

En ese momento, vi a Pablo y a su hermana Natalia entrando por la puerta principal del instituto. Pablo y Natalia iban hablando entre ellos y parecían reírse.

Si me hubieran dicho que mi novia anda por ahí con otro, no tengo ni idea de cómo reaccionaría. Quién puede saberlo. Puede que me diera por reírme.

Recordé a Pablo el día anterior en la piscina y pensé que a lo mejor se había olvidado de todo. Es imposible olvidarse de una cosa así, ya lo sé; pero al ver a Pablo riendo con su hermana, me imaginé por un momento que Pablo había perdido la memoria.

Gregorio, o sea, Samsa, salió de los servicios del patio, se acercó otra vez a García Llano, que aún tenía su carpeta en la mano y le dijo:

—Gracias, tío.

García Llano estaba fuera de sí. Parecía no saber qué hacer. Y cuando el tío más fuerte y grande del instituto no sabe qué hacer, puede pasar cualquier cosa.

Casi cualquier cosa.

Pensé que García Llano le iba a estampar la carpeta otra vez en la cara a Samsa, pero en lugar de eso, lo que hizo fue devolvérsela y decirle:

—Tú eres Samsa, ¿verdad? Ya he oído hablar de ti. Estás como una cabra, ¿sabes? Yo sólo te digo que aquí te andes con mucho ojo si no quieres acabar mal. O muy mal.

Samsa no dijo nada. Se largó de allí y yo le perdí de vista. En seguida el corro de curiosos se dispersó y la gente siguió a lo suyo, como si no hubiera pasado nada.

Samsa. Se decía que le habían expulsado de su instituto, y que por eso había pedido plaza en el nuestro. Se decían muchas cosas.

Yo nunca he tenido ningún apodo. Eso de «Iván el Terrible» es una tontería, no un apodo. Siempre he sido Iván y punto. Nada más. No sé lo que hay que hacer para tener un verdadero apodo. Corrían rumores de que Samsa ya había hecho muchas cosas raras antes de llegar aquí. Por eso en seguida le pusieron un apodo. Es como si su nombre se le hubiera quedado pequeño.

—¡Pablo!

Salgo corriendo detrás de Pablo y Natalia, aunque sólo llamo a Pablo. A Natalia no me atrevo a llamarla a gritos en medio de tanta gente.

—¡Pablo!

Sin embargo, la primera en verme es Natalia. Se gira y me mira de reojo, como si yo no fuera lo suficientemente importante como para perder el tiempo mirándome más de tres segundos.

Cuando llego hasta ellos, el corazón me late muy deprisa por la carrera.

O por Natalia.

—Hola... —digo.

Y no digo nada más. Suena el timbre de entrada y Natalia se marcha muy deprisa; en realidad todo el mundo empieza a moverse muy deprisa.

Yo también.

Más te vale no ser lento, especialmente el primer día de clase. Cualquiera podría pasar a tu lado y darte un empujón. Y si te dejas empujar desde el primer día, lo más probable es que luego sigan haciéndolo durante todo el curso.

Mientras Pablo y yo caminamos por el pasillo, le pregunto:

—¿Cómo estás?

Me mira y dice:

—Tú verás...

Pablo y yo caminamos, pero no estoy seguro de saber dónde está el aula que nos ha tocado este año. Simplemente, nos dejamos llevar por la corriente.

Pablo repite:

—Tú verás.

—¿Pero estás bien? —digo—. ¿Has... hablado con Belén?

Pablo me coge de un brazo y me pone contra la pared.

—No quiero saber nada más del tema, ¿me oyes?

—¿Cómo?

—Sí —dice—. No quiero que nunca más volvamos hablar de lo que me contaste ayer.

42

—Pero Pablo, yo...

—Este asunto ya no tiene nada que ver contigo. Además, la gente se equivoca, Iván. ¿No lo entiendes? Belén pudo equivocarse un día, y yo no voy a echar todo a perder por eso. No me importa. Simplemente la perdono, y punto. Como si no hubiera pasado nada, ¿entiendes? Nada.

Todos los chicos y chicas del instituto siguen pasando delante de nosotros.

Pienso un momento en la novia de mi amigo Pablo. Me pregunto qué estará haciendo Belén en ese instante, mientras Pablo y yo hablamos de ella. La imagino en su instituto, en su clase, sentada en su pupitre, balanceando un poco los pies por debajo de la mesa, mirándose las palmas de sus manos, mascando chicle de fresa ácida...

—¿Lo has entendido? —me pregunta Pablo.

Pablo agarra mi brazo con más fuerza todavía. Mueve la cabeza de un lado a otro, como si temiera que alguien le estuviera escuchando.

—Di, ¿me has entendido?

—Pero verás...

—Iván.

—Sí.

—No quiero hablar más del tema de Belén. ¿Me has entendido?

—Claro —digo—. Claro que te he entendido, Pablo.

Pablo me suelta y se va, y yo me quedo allí, con la espalda contra la pared. En seguida le pierdo de vista.

Noto que la frente me está sudando. Entonces me

pongo a pensar de golpe en un montón de cosas: los restaurantes italianos, heliotropo, los diccionarios enciclopédicos, Ícaro, las piscinas vacías, el chocolate blanco, los columpios...

Voy a volverme loco. Es como una fiebre, o como si mi cabeza fuera una pantalla en la que se proyectaran varias películas al mismo tiempo y a doble velocidad. Pienso:

Así que Pablo está cabreado.

Pablo está más cabreado conmigo que con Belén.

Ahora yo soy la mala noticia.

Pero Pablo no sabe nada de nada, es sólo un novato.

Él no sabe que lo de su novia Belén con ese otro chico va muy en serio.

Pero yo sí lo sé porque ella misma me lo ha dicho.

Y ahora qué hago.

No tengo ni la más remota idea de qué hacer con todo lo que ahora sé.

Me gustaría no saber nada.

Me gustaría no haber visto nada.

Y encima Natalia no me ha hecho ni caso.

Natalia nunca me hace ni caso.

Ayer pensé que cuando hoy viera a Natalia se me ocurriría algo.

Pero no se me ha ocurrido nada de nada.

Belén me dijo: «Me gustaba pensar que todos los problemas acabarían solucionándose sin necesidad de que sufriera nadie».

Quiero que todo se solucione sin que nadie sufra.

No quiero que Pablo se enfade conmigo.

Si mi madre me viera aquí parado, diría que soy un ganso.

Mi padre probablemente también lo diría.

Un ganso, soy un ganso...

De repente, como si un rayo o un soplo de aire o lo que sea hubiera fulminado a la gente de golpe, me doy cuenta de que todo el mundo ha desaparecido y de que el pasillo está completamente vacío. Siento una especie de mareo, o de vértigo, como si estuviera de pie sobre la cornisa de un rascacielos. Tengo que agarrarme a unas perchas metálicas que hay clavadas en la pared para no caerme.

—¿...entos uno, tío? —oigo decir a alguien detrás de mí, al mismo tiempo que noto un dedo clavándose en mi espalda.

Tengo que hacer un gran esfuerzo para regresar al aquí y ahora. El tacto del metal frío de las perchas me ayuda un poco a abrir otra vez los ojos al mundo real.

—¿Qué? Perdona —digo, sin saber todavía quién me ha hablado.

—Que si sabes dónde está el aula quinientos uno, tío.

Me vuelvo hacia la voz y veo a Samsa. Me está mirando. Tiene sus ojillos muy abiertos, las cejas levantadas. Parece sorprendido, o impaciente.

Samsa es aún más bajo de lo que me pareció en el patio.

—¿Es que estás sordo o qué? —dice.

—Está arriba —digo, apuntando con un dedo hacia el techo.

Samsa saca de alguna parte un reloj de bolsillo y lo

mira como si allí fuera a encontrar la solución a todos sus problemas.

Es uno de esos relojes dorados con tapa y con una cadena larga que se sujeta al bolsillo de la chaqueta. Uno de esos relojes que nadie lleva desde hace más de cien años, salvo en las películas, y ahora también en mi instituto.

—Vamos a llegar tarde, tío —dice.

Entonces Samsa se pone a toser y, cuando termina, me suelta:

—¿No te apetece tomar una cerveza antes de subir a clase?

—¿Qué? —digo yo.

—¿Estás sordo de verdad o sólo eres un poco tonto?

—Perdona, no te había entendido bien.

—¿Cómo te llamas?

—Iván —digo.

Y entonces pienso: «Si Samsa me dice como Iván el Terrible o algo parecido, me largo de aquí ahora mismo».

Pero Samsa no dice nada de eso. Al menos esa vez no lo dice.

—¿Y tú? —le pregunto.

—Yo soy Gregorio, tío.

Ésa fue la primera vez que oí su verdadero nombre: Gregorio. Poco después se transformaría en Samsa, y a partir de entonces casi nadie le volvería a llamar Gregorio.

Samsa y yo no fuimos a clase.

Samsa y yo compramos cuatro latas de cerveza en una tienda de ultramarinos, fuimos al Rompehuesos y nos sentamos en un banco a ver pasar las nubes y a charlar de cualquier cosa.

Era la primera vez que yo hacía algo así. Me refiero a tomar cerveza durante las horas de clase.

La verdad es que al principio Samsa me daba un poco de miedo. Dijo:

—Creo que me va a gustar este instituto, tío. Está lleno de tías estupendas y de tontos de remate.

Cuando estás con alguien así tienes que tener mucho cuidado con lo que dices para no hacer el ridículo. Lo que pasa es que, cuanto más te concentras en decir algo interesante, menos cosas se te ocurren.

Así que dije lo primero que se me pasó por la cabeza antes de que Samsa empezara a pensar que, además de sordo, también era mudo. O tonto de remate. Dije:

—¿Tienes novia, Gregorio?

Le cambió la cara al oír la palabra *novia*.

—¿Es que tengo cara de tener novia? —dijo.

Miré su cara picada, luego miré sus ojos oscuros y por último dije:

—Y yo qué sé, tío.

Yo no sabía si Gregorio tenía o no tenía cara de tener novia.

Lo que sí tenía Gregorio siempre eran ganas. Ganas de beber cerveza, ganas de saltarse las clases, ganas de darle una lección a cualquiera que le mirase mal, ganas de enseñar su reloj de bolsillo a todos.

Ganas, muchas ganas de lo que fuera.

Estar con Samsa y verle allí, conmigo, bebiendo cerveza, me hizo pensar que, para algunos, tener catorce años es todavía más difícil que para otros.

Es como si tuvieras que demostrar todo el rato que ya no eres un crío.

Capítulo cinco

Samsa sube y dice:
—¿Pero tú te mereces a esa Natalia?

Eran casi las once de la mañana del primer día de clase en el instituto, y Samsa y yo seguíamos en el Rompehuesos, sentados en el balancín de madera carcomida. Calculé que en ese momento estaría a punto de terminar la última clase que había antes del recreo de las once. Mucha gente del instituto venía al Rompe durante el recreo a hacer lo mismo que estábamos haciendo Samsa y yo en ese momento: charlar, beber latas, fumar algún pitillo..., esas cosas.

Samsa y yo subíamos y bajábamos en el balancín mientras hablábamos. Sin darnos cuenta, acabamos creando una especie de mecánica en la conversación.

Sólo podía hablar el que estaba arriba.

El que estaba abajo debía escuchar.

Era una forma de establecer el turno de palabra. Cuando uno quería decir algo, apoyaba los pies en el suelo para levantar su lado del balancín, y entonces el otro bajaba y escuchaba.

Antes de llegar a lo de Natalia, Samsa había estado contándome un par de cosas sobre él. Me contó de dónde venía su apodo, por ejemplo.

Y me había «autorizado» a llamarle Samsa.

—Te autorizo a llamarme Samsa —me dijo, subiendo—. Me caes bien. Alégrate, tío. No todo el mundo puede llamarme Samsa sin perder uno o dos dientes.

Si eso era verdad, y parecía que era verdad, me pregunté por qué entonces Samsa no le había partido uno o dos dientes a García Llano cuando le estrelló su carpeta en la cara y le tiró al suelo. Quise subir mi lado del balancín para tomar la palabra, pero él debió de leerme el pensamiento, o el rostro, o algo, porque siguió ahí arriba y dijo:

—Ese tío de antes hizo lo que se esperaba de él, simplemente. Pero no es nadie. Hazme caso. Tiene los pies de barro.

Y luego añadió:

—¿Comprendes lo que quiero decir?

—Pies de barro, sí —subí yo y bajó Samsa—. Comprendo.

—Un golpecito en el momento oportuno y se vendrá abajo —volvió a subir Samsa—. ¿Cómo me dijiste que se llamaba? ¿López Cano? ¿García Callo?

—García Llano —dije yo, subiendo.

—Eso, García Llano —subió Samsa, bajé yo—.

Esta mañana sólo quería ponerle a prueba.

—A prueba —dije yo, pero lo dije en voz baja, quizá para que él no me oyera, por eso no tuve que subir.

—Sí, hombre.

Samsa continuaba allí, mirándome desde lo alto de su asiento. Tosió varias veces antes de continuar:

—Mira, yo recibí el golpe en la cara, de acuerdo, pero él estaba más nervioso que yo. ¿No te diste cuenta de eso?

«Nervioso o no, García Llano te ha dado un carpetazo en la cara», pensé.

—Ahora yo ya sé quién es —continuó Samsa—, pero él no tiene ni idea de quién soy yo. El día menos pensado le haré picadillo.

Samsa bajó y yo subí. Ahora yo estaba en lo alto. Era mi turno de decir algo. Y lo dije:

—Me encantaría estar allí cuando eso ocurra.

—Ocurrirá —subió Samsa—, ocurrirá, pero tú no estarás allí. Ni tú ni nadie. No habrá nadie para verlo.

—Ya —subí yo—. No habrá nadie —dije, y bajé.

—Exacto, tío... —Samsa subió, pero no pudo continuar porque entonces tuvo un fuerte ataque de tos.

Yo nunca había visto una tos tan fuerte como la suya. Cada vez que tosía, parecía que su cuerpo estaba explotando por dentro.

—Las cosas hay que hacerlas y punto —dijo, cuando consiguió calmar un poco su tos—. No hay por qué montar ningún espectáculo delante de nadie. Además, eso no está bien, ¿entiendes?

—Entonces —subí yo—, ¿cómo sabremos que le has dado su merecido si no...?

Bajé suavemente, el punto de apoyo del balancín chirrió un poco.

Ahora Samsa volvía a estar arriba.

Durante un momento Samsa cambió de aspecto ante mis ojos. Ya no era solamente un tío delgaducho y bajito, con la cara picada de viruela y que tosía todo el rato. Me pareció ver algo en él..., en su gesto, en su forma de hablar, en su reloj de bolsillo, no sé. En todo eso había algo especial, como si acabara de llegar de otra época o algo así.

Tampoco quiero exagerar, fue sólo una cosa que me pareció en ese momento y en la que luego no he vuelto a pensar.

—Tú tranquilo —me contestó él, sonriéndome de oreja a oreja con una sonrisa bastante extraña—, que ese García Cano o Callo se va a enterar. Y aunque vosotros no estéis delante, lo sabréis. Y se acabó el tema, tío.

Yo subí en el balancín y le conté otro par de cosas sobre mí. No le conté lo de mi amigo Pablo y su novia Belén, pero sí le conté lo de Natalia.

En realidad fue él quien me preguntó. Me dijo que me había visto hablando con una chica en la entrada del instituto.

—¿De qué la conoces? —me preguntó.

Le conté que se llamaba Natalia y que me gustaba mucho, que no sabía cómo decírselo y todo eso. Pero se lo conté deprisa y corriendo, en pocas palabras, como si yo no le diera mucha importancia al asunto, para que Samsa no pensara que era uno de esos que van por ahí enamorándose o algo así.

Ya digo que Samsa me cayó más o menos bien desde el principio, pero también pensé que no era muy prudente contar demasiadas cosas a alguien a quien acababas de conocer.

Sobre todo si ese alguien era un tío que, al parecer, había sido expulsado de su instituto, que se ponía a provocar a los tipos fuertes y grandes nada más llegar, que tenía la cara picada de viruela y que tosía de aquella manera.

Samsa le da el último trago a su cerveza y se inclina hacia un lado sobre el balancín para dejar caer la lata dentro de un pequeño hoyo que hay en la arena, justo debajo de su asiento.

—Sube, Iván —me dice—. Tú sube un poco, anda.

Apoyo los pies en el suelo y empiezo a subir. Y al mismo tiempo que yo subo, él baja, y su asiento del balancín se clava en la arena y aplasta la lata vacía de cerveza como si fuera lo que es: una lata vacía de cerveza.

—¿Pero tú te mereces a esa Natalia? —sube Samsa.

—Oye, Samsa —digo, sin subir—, son las once, creo que no es una buena idea que sigamos aquí. Ahora empezarán a venir todos y...

—Te he hecho una pregunta, tío.

Samsa baja y yo subo, y me quedo ahí, sin saber qué hacer.

Él saca su reloj de bolsillo.

—Estoy esperando tu respuesta —dice—. El tiempo corre, tío.

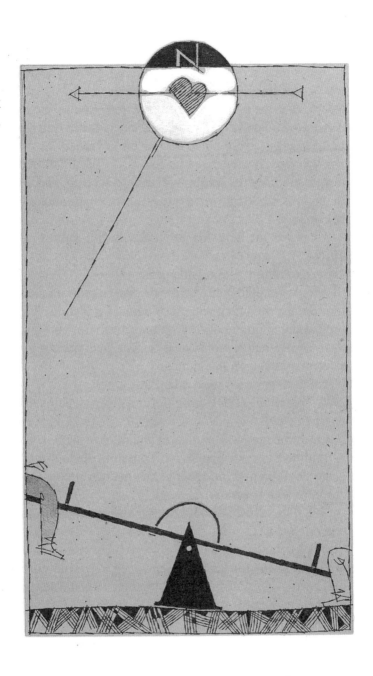

Me mira con esa expresión suya de ojos muy abiertos y cejas levantadas.

—Creo que sí —digo, sin estar muy seguro de lo que estoy diciendo—. Creo que..., bueno, creo que me la merezco, sí. Pero no sé qué hacer, la verdad.

—Sí que lo sabes —sube Samsa—. Lo único que tienes que hacer es lo que tú harías, y ya está. Así de fácil. Apuesto lo que sea a que ella está esperando que hagas algo.

Entonces me lleno los pulmones de aire, subo y digo:

—La llamaré esta misma tarde.

Y es verdad, lo haré. Acabo de decidirlo ahora mismo. Samsa me ha convencido: llamaré a Natalia y le preguntaré si quiere quedar conmigo para tomar algo.

—Así se habla, tío —sube Samsa, y se pone a toser con más fuerza que nunca.

Cuando para, yo subo y le digo:

—Oye, Samsa, tú estás enfermo, ¿no? ¿Esa tos tuya de qué es?

Quizá he metido la pata preguntándole eso, pero no he podido evitarlo. Samsa mira para otro lado con el gesto de alguien a quien ya le han hecho muchas veces la misma pregunta.

—Un *cronismo*, tío —dice, sin subir—. ¿Sabes lo que es eso?

Niego con la cabeza.

—Un *cronismo* es... —dice—, es algo que dura mucho tiempo. Pero no quiero hablar más del tema, ¿vale?

Asiento con la cabeza.

Hago un pequeño esfuerzo para imaginar qué será de Samsa cuando el tiempo haya pasado por él, pero sólo veo a un tío mayor tosiendo y tosiendo todo el rato, así que intento no pensar en ello.

Samsa y yo seguimos hablando de todo un poco. Aparece por el Rompehuesos gente del instituto, pero ni Pablo ni Natalia ni García Llano están entre ellos.

Cuando toda la gente del instituto se ha marchado y las clases han terminado por hoy y se acerca la hora de comer, Samsa y yo decidimos irnos de allí. Nos bajamos del balancín. El asiento de Samsa se queda arriba.

—Me esperan en casa, tío —dice—. Mañana hablamos, ¿vale?

—Vale.

—No te quemes, hombre —me dice—: tú camina siempre por la sombra.

No sé qué ha querido decir Samsa con eso.

Capítulo seis

—Mírate —me digo en voz alta.

Son casi las dos y media cuando entro al portal de mi casa. Observo mi imagen en el espejo que hay en la pared del fondo, al pie de las escaleras.

—Mírate —me digo otra vez—. Das pena.

Tengo el pelo revuelto y reseco. Me veo cansado: los hombros caídos, la espalda encorvada hacia adelante, como si me hubieran atado a las muñecas un bulto enorme e invisible. Tengo ojeras. Y los ojos como vidriosos.

Entonces oigo una voz que dice detrás de mí:

—Los jóvenes de hoy.

No me hace falta volverme para saber quién ha dicho eso. La voz proviene de la garita acristalada del señor Casado, el anciano conserje de mi casa. Ésa es su frase preferida: «Los jóvenes de hoy».

No es un hombre muy hablador, pero dice esas cuatro palabras siempre que puede, aunque nunca estás seguro de qué ha querido decir con ellas. El señor Casado y yo nunca hemos hablado. Ni siquiera sobre el tiempo.

Pulso el botón de llamada del ascensor y sólo digo, con voz seca:

—Hola, qué hay.

En seguida siento el impulso de añadir algo más, pero no se me ocurre nada.

—Poca cosa, chico —responde él—. Voy a la azotea. ¿Te importa que suba contigo?

—No, no, para nada, hombre —digo yo.

No pensaba hacerlo, pero estoy empezando a sentir la necesidad de darle al señor Casado la mala noticia. Lo que ocurre es que no llevo encima nada de chocolate blanco, y ya digo que por experiencia sé que trae mala suerte no llevar nada dulce cuando quieres dar una mala noticia.

Mi padre es el presidente de la comunidad, y el otro día le oí decir durante la comida que, en la última reunión de vecinos, se había hablado de despedir al señor Casado.

«Es una pena, después de todo el tiempo que lleva aquí», había dicho mi padre. «Pero el pobre está ya muy mayor, está muy enfermo, algo del corazón, creo. Habrá que ir pensando en alguien.»

El señor Casado y yo nos metemos en el ascensor. Pulso el botón del cuarto y empezamos a subir.

Entonces, justo cuando estamos a punto de llegar a mi piso, reúno fuerzas y digo:

—Señor Casado, he oído que están buscándole un

sustituto. Perdóneme, pero creo que alguien debía decírselo. Adiós.

No veo su reacción ni su cara, porque, antes de que él pueda decirme nada, salgo rápidamente del ascensor, saco mis llaves y abro la puerta de mi casa.

No sé por qué he hecho una cosa así. Pero el caso es que de pronto he sentido que tenía que decirlo y ya está.

Mis padres no han llegado todavía de trabajar. Voy directamente a mi cuarto y me tumbo en la cama con la ropa puesta. Me apetece echarme una pequeña siesta. Cuando me levante, comeré algo.

Y llamaré a Natalia.

Me duermo en seguida. Tengo un sueño muy extraño, como casi todos los sueños.

Sueño que Pablo y yo viajamos en un enorme globo hecho de sábanas azules cosidas entre sí. El globo tiene la forma de mi cabeza, los rasgos de mi cara. Quiero sonreír, pero no puedo, porque entonces me dolería una muela, o algo, no sé. Subimos y subimos cada vez más. Pablo me advierte de que si me acerco demasiado al Sol con el globo, puede ocurrir algo malo. Pero yo no le escucho. Tengo que llegar lo más alto posible. Miro hacia abajo. Abajo sólo hay nubes del color del chocolate blanco. No se ve tierra por ningún lado. A lo lejos veo pasar una bandada de gansos. «Mira, es bonito», me dice Pablo. Yo no le hago caso. Después le digo: «Son nubes, eso es todo». Estoy preocupado. El Sol cada vez está más cerca, casi puedo tocarlo. «Hace frío; tengo frío», dice Pablo. Pero estamos muy cerca del Sol; no puede ser que tenga frío.

Veo que a mis pies hay un libro viejo. El autor es el señor Casado y el libro se titula *Tú verás*, volumen XIV. Le doy una patada al libro. El globo está subiendo. Subimos, subimos. El globo está a punto de estallar. «No era necesario acercarnos tanto al Sol, no era necesario», dice Pablo.

Cuando me despierto, me doy cuenta de que he dormido casi dos horas. Mis padres siguen sin venir, lo cual es muy raro.

Me lavo un poco la cara. Luego voy a la cocina, abro la nevera y cojo un bote de yogur para beber. Tengo la garganta reseca.

En el salón enciendo la tele y me tumbo en el sofá, junto al teléfono.

Voy a marcar el número de Pablo.

Voy a marcar el número de mi amigo Pablo pero voy a preguntar por su hermana Natalia.

Entonces, en la mesita del teléfono, veo una nota escrita por mi madre:

Iván, hijo: estabas dormido cuando tu padre y yo llegamos. Después de comer hemos ido a tomar café a casa de tus abuelos. Estuvimos a punto de despertarte para que te vinieras, pero parecías tan cansado. ¿Qué tal el primer día de clase en el instituto? Ya nos contarás. Otra cosa: hace un momento te llamó «otra» chica. Una tal Natalia.

Mamá

Mientras observo el nombre de «Natalia» escrito en la nota que me ha dejado mi madre en el teléfono, me pongo a recordar algo que ocurrió hace dos años.

Ocurrió en la playa y, que yo recuerde, Natalia entonces todavía no me gustaba. No es que me disgustara, no, lo que quiero decir es que por aquella época supongo que todavía estaba pensando en otras cosas como para fijarme bien en ella.

La familia de Pablo tiene un apartamento cerca de la playa. Es un apartamento muy pequeño y en agosto se llena de gente: familiares y amigos que van a ver a los padres de Pablo y que muchas veces tienen que dormir en el sofá o en colchonetas o incluso en la terraza. Ese año estuve allí un fin de semana y dormí en la misma cama que Pablo. En la cama de al lado dormía su abuelo. Nos metíamos los dos en una cama verdaderamente pequeña y, mientras el abuelo de Pablo se dedicaba a roncar, nosotros nos dábamos patadas y nos peleábamos por la almohada.

Aquella habitación tenía una ventana que daba a un enorme edificio blanco de pequeños apartamentos, iguales que el de Pablo. Por las noches, si te concentrabas mucho, podías escuchar el sonido del mar a lo lejos.

—¿Oyes el mar? ¿Lo oyes?

Eso no lo dije yo, lo dijo Pablo. Por eso yo me hice el dormido y no le respondí. Creo que me molestó que él también lo estuviera escuchando.

Me imaginé a un montón de gente metida en sus pequeñas camas de sus pequeños apartamentos, con los ojos abiertos y tratando de escuchar el mar, como si fuera un fantasma.

A la mañana siguiente llegó el padre de Pablo, que

también se llama Pablo, y que por lo visto casi nunca iba a la playa, y sólo dijo:

—Reunión familiar después de comer.

Yo no era de la familia, pero Pablo me dijo que me quedara, que al fin y al cabo eso de «reunión familiar» no era más que una forma de hablar.

Aquel día comimos todos en un enorme autoservicio que estaba en el paseo marítimo y que tenía unos carteles enormes en la entrada en los que se podía leer: «paellas, arroz *a banda*, *fideua*, pollos asados, pizzas...». Había que coger un número en la entrada y esperar a que te llamaran por el altavoz.

Estaba repleto de gente y nos dieron el número seiscientos y pico. El caso es que había más de cuarenta números delante de nosotros, y nos sentamos en unos bancos del paseo a esperar. Estaban los padres de Pablo, su tío Enrique, la mujer del tío Enrique, Natalia, el abuelo, Pablo y yo.

Cuando estás esperando a que un altavoz diga tu número para comer con tu familia, o con la familia de tu mejor amigo, y el altavoz tarda un siglo en decir tu número, no sabes qué decir. Te gustaría entrar allí y estrangular a los camareros aunque sepas que ellos no tienen la culpa de nada. Pero al final lo único que piensas es que estás haciendo el ridículo y que lo mejor sería marcharse a cualquier otro sitio a comer o a esperar o a no hacer nada, lo mismo da.

El padre de Pablo fumaba todo el rato, casi tanto como el mío, y dijo un par de veces que aquellos autoservicios de la playa eran unos sitios de espanto, y que no entendía cómo la gente podía ir allí a comer.

No sé si lo decía en serio o estaba bromeando, pero la verdad es que no tenía ninguna gracia.

Yo creo que el padre de Pablo tenía más prisa que nadie.

—¿Y tú cómo has dicho que te llamas? —me preguntó de repente.

Antes de que yo pudiera responder, mi amigo Pablo dijo:

—Pero si no lo ha dicho, papá...

Pensé que el padre de mi amigo Pablo le iba a decir a mi amigo Pablo «¿y a ti quién te ha preguntado?», así que antes de que las cosas empeoraran, yo respondí:

—Me llamo Iván.

El padre de mi amigo Pablo me miró como si nunca hubiera oído mi nombre. Luego se encendió otro cigarro con gesto muy seguro, como si cualquier duda que tuviera pudiera desaparecer al respirar el humo.

—Así que Iván, ¿eh? —dijo—. ¿Como el Iván el Terrible aquel?

Por el altavoz del restaurante llamaron al número quinientos noventa. La gente que pasaba por el paseo marítimo y que no tenía nada que ver con el autoservicio nos miraba a los que estábamos esperando como si les diéramos un poco de pena, esa clase de pena que te dan los familiares de los enfermos en los hospitales. Después del quinientos noventa y uno, el padre de Pablo ya no pudo aguantar más.

Tiró su cigarro al suelo, lo pisó con el talón de su zapato y dijo:

—Se acabó. Ya no aguanto más. Me voy.

Yo pensé que lo decía por decir algo, o que ese «me voy» en realidad era un «nos vamos». Pero no. El padre de Pablo dio media vuelta y se marchó él solo. Sin decir ni una sola palabra más. La madre de Pablo tampoco dijo nada. Ni siquiera se movió del banco.

El tío Enrique y su mujer dijeron «qué mala leche» y «ya estamos» y «lo que hay que aguantar» y algunas otras cosas, pero nadie les hizo mucho caso.

Pablo se quedó mirando hacia el lugar por donde se había marchado su padre, aunque ya no le podía ver: había un montón de gente caminando por el paseo marítimo, un montón de gente igual, sudando en bañador, con gafas de sol y con gorras blancas.

No recuerdo qué hizo Natalia en aquel momento. Creo que no dijo nada, pero no estoy seguro, porque no sé dónde estaba. Quiero decir que estaba allí, esperando a que nos llamaran para comer, como todos, eso lo sé, pero no me acuerdo de ella. No sé si estaba sentada junto a su madre, o si estaba apoyada en la puerta del autoservicio o qué.

La memoria es muy extraña. Ahora de lo que más me acuerdo de aquel día es de que no recuerdo dónde estaba Natalia.

Al final comimos en silencio una gigantesca paella en el autoservicio. No hubo ninguna reunión familiar después de comer ni nada, porque el padre de Pablo había desaparecido. Además su madre se fue a la playa a tomar el sol durante el resto de la tarde. Yo regresé a mi casa al día siguiente en el autobús de línea.

Cuando volví a ver a Pablo en septiembre, me contó que sus padres se habían separado y que su padre se había ido a vivir a casa de sus abuelos hasta que encontrara un apartamento.

Pablo me dijo que a él no le importaba que sus padres se separaran.

—No me importa que mis padres se separen o se divorcien o que hagan lo que les dé la gana, ya ves —dijo.

Pero, por el modo en que lo decía, parecía que sí le importaba, y mucho.

Luego me dijo que su hermana Natalia era la que peor lo estaba pasando con todo lo de la separación. También me dijo que Natalia era muy delicada para esas cosas y que muchas veces lloraba cuando oía a su madre pelearse con su padre por teléfono.

Si me concentro un poco, soy perfectamente capaz de imaginarme a Natalia llorando. La veo con la cara escondida entre sus manos, unas manos que recogen las lágrimas. No se suena la nariz ni nada de eso, simplemente llora, y eso le hace sentirse mejor, y a mí también. Hay algo en su manera de llorar... Es una imagen que me tranquiliza, no sabría explicarlo. Es como si Natalia de pronto me necesitara o algo así, aunque yo sepa que no es verdad.

Yo casi nunca lloro, y no es porque no quiera o no lo necesite. Es sencillamente porque no me sale. Hace tiempo, mi madre me dijo que por un lado yo era demasiado introvertido y que por otro lado yo era demasiado sensible, y que ésa era una mala combinación. «Una muy mala combinación, la verdad», me dijo mi madre, pasando su mano por mi cabeza. También me dijo que mi problema era que yo me sentía demasiado responsable de cosas que no tenían nada que ver conmigo.

No sé si todo eso será verdad. El caso es que, cuando me siento mal, y sólo me siento verdaderamente mal cuando alguien que me importa no está de acuerdo conmigo en algo, siento un horrible dolor de estómago y a veces tengo que tomarme un sobre disuelto en agua que me recetó el médico hace tiempo.

Como no lloro ni grito ni sangro ni me quejo de nada, la gente se cree que no me pasa nada malo. Pero mi dolor es tan real como el de los demás, lo que ocurre es que está por ahí dentro y nadie lo ve desde fuera.

Hace poco Natalia le dijo una cosa a su hermano. Le dijo que ella siempre salía con chicos mayores porque los chicos de catorce años no tenían gracia y eran unos inmaduros a los que además se les veía venir. Lo dijo así: «además se les ve venir».

No sé qué es lo que Natalia verá venir. A mí desde luego nunca me ve venir porque casi nunca se toma la mínima molestia de mirarme. Sin embargo, esta vez me había llamado por teléfono.

Natalia me había llamado por teléfono.

A mí.

A Iván.

Capítulo siete

Uno nunca sabe cómo empiezan las cosas, ni mucho menos por qué.

Ahora que lo pienso, creo que la culpa de todo no la tuvo Natalia, ni Pablo, ni Belén.

Ni siquiera yo.

Las cosas ocurrieron así y punto, porque así es como funciona el mundo a veces. Simplemente somos humanos, y debe de ser verdad eso que dicen de que equivocarse y estropear las cosas es muy humano.

Aunque yo creo que, para que las cosas se líen de verdad, hace falta tener además muy mala suerte.

Y catorce años.

Marqué el número de teléfono de mi amigo Pablo. Se puso su madre.

—¿Hola? —dijo.

—Hola, soy Iván.

—Hola, Iván —dijo—. Pablo no está ahora mismo, ha salido a...

—Ya, pero ¿y Natalia? —le interrumpí—. ¿Está Natalia?

—¿Natalia, dices? —preguntó ella, muy sorprendida—. Pues sí..., creo que está...

Entonces oí un ruido en el teléfono. También oí a la madre de Pablo decir: «Hija, pero qué maneras». Me imaginé perfectamente la escena: Natalia, quitándole de un zarpazo el teléfono a su madre.

—Iván —oí decir a Natalia—, oye, tengo que hablar contigo..., tengo que contarte una cosa.

—¿Ah, sí?

—Tengo que pedirte un favor muy importante... y muy personal. Necesito que me ayudes, Iván.

Yo no sabía qué decir.

Habría hecho cualquier cosa por Natalia. De hecho, estaba deseando que me pidiera algo para poder demostrárselo.

A lo mejor por fin se había dado cuenta de quién era yo de verdad.

A lo mejor esa mañana, en el instituto, al verme cara a cara, aunque solamente fuera durante un segundo, Natalia había comprendido que podía contar conmigo. Que yo no soy uno de esos que se acercan a ella sólo porque es una chica guapa.

Y lo cierto es que Natalia es realmente guapa, está muy bien. Tiene unos ojos muy oscuros, y una forma de mirarte y de moverse y de tocarse el pelo que podría romperle el corazón a cualquiera que se atreviera a acercarse demasiado a ella.

Pero yo no me fijaba en ella por eso. O al menos, no sólo por eso. Yo también quería ser su amigo, su amigo de verdad, y que pudiéramos hablar y contarnos las cosas.

Y ella había dicho: «Tengo que contarte una cosa».

Y eso es lo que yo quería, que me contara las cosas. Así que cuando colgué el teléfono, me puse a dar saltos de alegría.

Bueno, no me puse a saltar de verdad, porque me pareció una tontería saltar yo solo en casa, sin que nadie me viera; lo que quiero decir es que estaba tan contento que me hubiera puesto a dar saltos de alegría.

Natalia me había dicho que nos viéramos a las siete en un Burger del centro.

Me puse unos vaqueros limpios, me peiné un poco, me lavé los dientes, salí de casa y me metí en el ascensor. Pulsé varias veces seguidas el botón que tenía dibujada una «P» de «portal». Si pulsas insistentemente el botón de un ascensor, parece que el ascensor vaya más rápido.

Al salir del ascensor me encontré al señor Casado. Estaba subido en lo alto de una escalera, cambiando una bombilla del techo. Tenía en la mano un enorme destornillador. Al verme, se le cambió la cara. Dejó la bombilla como estaba y, con mucho cuidado, empezó a bajar de la escalera.

—Escucha, chico..., espera —empezó a decir—. Antes me dijiste que...

—Perdóneme, pero es que tengo mucha prisa, ¿sabe? —le dije.

Antes de salir a la calle, pude oír cómo terminaba de decir su frase preferida:

—...venes de hoy.

70

Cuando llegué corriendo a la parada de autobús, vi que en ese momento se marchaba justo el que yo tenía que coger para ir al Burger del centro. Corrí unos metros detrás de él, pero lo perdí y tuve que esperar al siguiente.

A pesar de todo, llegué a las seis y media. Pedí un refresco de naranja y me senté en una mesa.

El Burger estaba casi vacío. Había dos chicas en una mesa de un rincón tomándose a medias un helado de chocolate. Sólo tenían una cuchara de plástico para las dos y se la iban turnando. Mientras una tomaba helado, la otra murmuraba algo que yo no podía oír. Se reían mucho, y con esa manera de tomarse el helado de chocolate, parecía que no se lo fueran a terminar nunca.

Después de un buen rato, un tío con una bandeja llena de cosas se pone delante de mí y me dice:

—Tú eres Iván.

El tío pone su bandeja en mi mesa y se sienta tranquilamente. Lleva el pelo engominado y un jersey amarillo de pico y en la bandeja que ha traído hay dos hamburguesas, una Coca-Cola grande y unas patatas fritas también grandes.

—Tú eres Iván, claro —repite—. ¿Eres Iván o no eres Iván?

No respondo en seguida. Es como si de repente no estuviera seguro de quién soy. Además, antes de responder a algo que te pregunta un desconocido que sí te conoce a ti, hay que pensárselo un poco.

Calcular la situación.

Me quedo pensando en esa frase: «Tú eres Iván».

Es como si esas palabras de repente significaran algo más.

—Pues sí —digo, por fin.

Estoy a punto de añadir: «Yo soy Iván, sí, ¿qué pasa, eh?». Pero creo que eso no habría sido una buena idea, así que no digo nada.

El caso es que su cara me suena un poco, aunque no sé de qué. Le digo:

—¿Y tú quién eres?

Primero aparta el *ketchup* y la mostaza de la bandeja, haciendo un montoncito con las bolsitas.

Después me mira como si yo fuera el único ser humano del mundo que no supiera quién es él.

—Yo soy Agustín... —dice.

Y después añade, en un tono desafiante:

—El novio de Natalia.

—No me digas —digo, y le doy un sorbo a mi refresco de naranja.

«El novio de Natalia», pienso.

Ésta sí que es una mala noticia.

Echo un vistazo al helado de chocolate que están tomando las dos chicas de la mesa de la esquina. Todavía les queda la mitad.

Agustín abre las bolsitas de *ketchup* y las va vaciando una por una sobre las patatas fritas. Está muy concentrado en la operación. Se ha propuesto cubrir totalmente de *ketchup* las patatas y parece que va a conseguirlo.

Así que éste es el tipo de chico que le gusta a Natalia. La verdad es que cualquiera que le viera echar el *ketchup* sobre las patatas fritas como si le fuera la vida en ello podría pensar que es un poco idiota. Me pregunto si Natalia se refería a esta clase de cosas cuando decía eso de que prefería a los chicos mayores porque a los de catorce años se les ve venir.

—¿Y tú cuántos años tienes?

Eso no lo ha dicho Agustín. La pregunta se la he hecho yo a él.

Coge una patata completamente pringada de *ketchup*, se la mete en la boca y se la traga casi sin masticar, como si estuviera deseando responder cuanto antes a mi pregunta.

—DIECIOCHO —dice.

Lo dice así, en mayúsculas, y muy lentamente, pronunciando las letras con mucho cuidado, como si *dieciocho* fuera una palabra mágica.

En ese preciso instante siento la necesidad de levantarme y marcharme de allí, pero no lo hago, sencillamente porque no puedo. No sé por qué, pero no puedo.

Las piernas no me responden, eso es todo.

—Calma, ahora viene Natalia —dice Agustín, como si hubiera adivinado en qué estoy pensando—. Está a punto de llegar —me aclara, mordisqueando la pajita de su Coca-Cola.

Y también me dice que a las chicas hay que tratarlas con un poco de mano dura.

—Hay que tratarlas con un poco de mano dura —dice.

A continuación se mete en la boca un puñado entero de patatas fritas y me mira de un modo que no me gusta un pelo.

Una vez leí que Billy el Niño, con sólo catorce años, se cargó a un buen montón de tíos simplemente porque no le gustó la forma en que le miraron. Eso lo hizo porque siempre tenía a mano un bonito Colt del calibre 45. Pero ni siquiera así llegó a vivir mucho tiempo. Le pegaron un tiro por la espalda antes de cumplir los veinte.

Agustín me dice algunas cosas que no sé muy bien a cuento de qué vienen. Se pone a hablarme sobre la lealtad y sobre la importancia de que los hombres de verdad nos ayudemos entre nosotros.

—Yo creo en la lealtad entre hombres —dice—. Es importante que los hombres de verdad nos ayudemos unos a otros.

También me habla sobre los chivatos; dice que habría que coger a todos los chivatos del mundo y arrancarles la piel a tiras porque no hay nada peor que un «chivato de mierda».

—No hay nada peor que un chivato de mierda —dice.

Pero lo dice con la boca llena de patatas fritas a medio masticar, y suena más bien a: *«Do hay dada beor que um dzibato de bieda».*

Yo me dedico a escucharle como si me interesara mucho lo que dice. No digo gran cosa porque en realidad estoy más pendiente de la puerta del Burger, esperando ver aparecer por allí a Natalia.

Se me ha terminado ya el refresco de naranja. Me pongo a remover con la pajita los cubitos de hielo que

74

han quedado en el fondo de mi vaso, como si no tuviera otra cosa mejor que hacer.

Digo:

—¿Tienes hora, Agustín?

Como se le han acabado las patatas fritas, ahora Agustín ataca su hamburguesa con queso. Se come la mitad de dos mordiscos.

Todavía le está dando vueltas dentro de su boca cuando me dice:

—Ya te he dicho que Natalia está a puntito de llegar.

Pero suena como: *«Da de he didcho que Dadalia edta a bundido de llegad»*.

Entonces Natalia aparece de golpe a nuestro lado. No me explico cómo puede haber entrado en el Burger sin que yo la haya visto. Yo creía que tenía perfectamente vigilada la puerta de entrada.

—Bueno, aquí estoy —dice Natalia.

Natalia lleva un vestido corto y está guapísima. Se sienta al lado de su novio, pero no le da ningún beso ni nada parecido.

—Hola —digo.

—Hola —dice Natalia.

Agustín no dice nada.

«Natalia, ¿por qué te gusta este tío?, ¿sólo porque tiene dieciocho años?», pienso.

—Bueno, entonces ya os conocéis —dice ella.

—Sí —digo yo.

Agustín le ofrece a Natalia lo que queda de hamburguesa, pero ella la rechaza con la mano, sin decir nada.

—Lo mejor será que vayamos al grano —dice ella—. Se dice así, ¿no? Ir al grano.

De reojo veo que las dos chicas de la mesa del rincón se levantan y se marchan, como si no quisieran escuchar lo que Natalia va a decir. Se han dejado un poco de helado de chocolate. Es absurdo, pero me entran ganas de levantarme, coger la cuchara de plástico que han estado compartiendo, ir tras ellas y decirles: «Eh, no os habéis terminado vuestro helado. ¿Es que ya no queréis más helado?»

Ahora estamos solos los tres en el Burger: Agustín, Natalia y yo.

—Ha ocurrido una cosa terrible, Iván —dice ella.

—Ha sido un poco culpa mía —dice Agustín.

—Sí, desde luego que ha sido culpa tuya. Los tíos sois unos cerdos —le dice Natalia a «ese novio suyo Agustín».

—Tampoco te pases —dice él.

—Me paso lo que me da la gana —responde ella.

Agustín no dice nada. Se limita a abrir la caja de la otra hamburguesa.

—Pues eso —dice Natalia—, que los tíos sois unos cerdos.

—Ya —digo yo, por decir algo.

Y entonces Natalia se pone a hablar. Ni Agustín ni yo nos atrevemos a interrumpirla.

—Necesito que me ayudes, Iván —dice—. Mira, resulta que no pude quedar con Agustín el sábado porque venían mis tíos a cenar a casa. Ya sabes, mi tío Enrique y su mujer, no sé si te acuerdas de ellos. Bueno, pues el caso es que vinieron a cenar y, claro, para no dejar sola a mi madre, me quedé en casa esa noche. Éste salió por ahí a tomar algo con sus amigos, ya sabes, los amigotes y todo eso. Que en cuanto os juntáis más de dos tíos, de lo único que sabéis hablar es de fútbol y de chicas, y nada, pues eso, que se pusieron hasta arriba de *minis* y venga a hacer el tonto y venga a beber y venga a hacer el tonto, sobre todo a hacer el tonto, que se os da de miedo. Y por lo visto también estuvieron en La Colmena, y dice éste que allí se encontró a Belén, ya sabes, la novia de mi hermano Pablo, Belén, la mosquita muerta esa. Se dice así, ¿no? Mosquita muerta. Bueno, el caso es que Belén estaba allí sola. ¿Qué te parece, Iván?, ¡estaba ella sola en La Colmena! Increíble. Bueno, el caso es que se pusieron a hablar, nada, en plan bien, por hacerle compañía un rato, ya sabes, y va la tía y empieza a agarrar a éste y a decirle que si está muy bien, que si tal y cual. Le dice de todo, vamos, menuda tía. Y claro, éste, que es un cerdo, como todos los tíos, y que encima había bebido unas cervezas, pues nada, que le dio tres besos a Belén, tres o cuatro, ¿no? Hay que ver cómo sois los tíos. ¿Por qué hiciste eso? Es que vamos...

Me encanta oír cómo Natalia pronuncia la palabra *éste* para referirse a «ese novio suyo Agustín».

—Pero bueno, en fin —continúa ella—, que no fue un rollo ni nada de eso. Fueron sólo cuatro besos, una tontería de nada, y encima al día siguiente éste me lo contó y todavía no sé si le voy a perdonar, ya veremos. Pero ahora eso es lo de menos. El caso es que luego va y me dice que estabas tú allí el sábado, en La Colmena. Me dice: «Estaba allí el amigo ese de tu hermano, el que siempre va con él». O sea, Iván. O sea, tú. ¿Los viste a estos dos dándose un beso o no? Bueno, ahora ya da igual, ahora ya lo sabes todo. Yo creo que se puede confiar en ti, Iván. De verdad. Hemos hablado poco, pero creo que eres un tío de fiar. Se dice así, ¿no? De fiar. Y ahora..., bueno, ahora necesito que me ayudes. El caso es que mi hermano no puede enterarse de nada de esto, de nada. ¿Lo entiendes, no? Fue una tontería sin importancia, un pequeño desliz, como suele decir mi madre. Además, tú ya conoces a Pablo, sobre todo desde que..., bueno, desde que mis padres se separaron. Se pone a darle vueltas a las cosas y se queda hecho polvo, así que no merece la pena. Lo mejor es olvidarlo, pasar de todo y ya está. Porque supongo que no se lo habrás contado ya, ¿verdad? ¿Verdad, Iván?

Aunque hace rato que se me ha acabado mi refresco de naranja, me llevo el vaso a los labios y dejo caer en mi boca unos cuantos cubitos de hielo.

Cuando no tienes otra cosa, ponerse a masticar cubitos de hielo, con todo el ruido que eso hace, es la mejor manera de hacer tiempo para pensar en cómo responder a una pregunta como ésa.

Quiero decir que masticar cubitos de hielo ayuda bastante a mantener la cabeza fría. Aunque por dentro estés muerto de miedo porque no sabes qué hacer.

Pero yo sí sé qué hacer: pienso en la cuerda de la que una vez me habló mi padre. Una cuerda que puede ser interminable como una clase de Matemáticas, o tan diminuta que cabría en la palma de tu mano. Cualquier cosa mide exactamente la longitud de esa cuerda. O sea, que todo mide lo que tú quieras, ni más ni menos.

Me viene otra vez a la cabeza esa frase: «Tú eres Iván».

No me gusta nada que, sin quererlo, regrese a mi cabeza una frase que me ha soltado un tío que habla con la boca llena y que lleva el pelo tieso de tanta gomina. «¿Eres Iván o no eres Iván?»

Entonces Iván, o sea yo, tritura con los dientes los últimos cubitos de hielo, los deshace dentro de su boca, se bebe toda el agua fría de un trago y toma una decisión: caminar un rato por la sombra.

Capítulo ocho

Me rompí y dije:
—No, no. Por supuesto que no le he contado nada a Pablo.

Cuando varias personas tiran de ti en direcciones opuestas y por razones distintas, lo más probable es que acabes rompiéndote por algún lado.

Pablo tiraba de mí.

Su novia Belén tiraba de mí.

Natalia tiraba de mí.

Incluso «ese novio suyo Agustín» tiraba de mí.

Y yo estaba allí en medio, como en uno de esos potros de tortura en los que te atan con unas cadenas y te estiran al mismo tiempo de los pies y de los brazos hasta que revientas o hasta que te rompes.

O hasta que confiesas cualquier cosa con tal de que no sigan torturándote.

Todos estaban muy inquietos y todos estaban muy seguros de estar haciendo lo que debían.

Todos creían que lo sabían todo, cuando en realidad sólo sabían una pequeña parte de ese todo.

Todos querían que yo estuviera callado.

Querían que las cosas que habían hecho se arreglaran limpiamente, sin armar ruido.

Quizá por eso todos querían tenerme de su lado. Yo ya no sabía en quién podía confiar, pero todos querían confiar en mí porque todos me pedían algo. Sabían que yo sabía. El problema es que no sabían cuánto y hasta dónde sabía yo, y eso les tenía muy preocupados.

En realidad yo tampoco sabía cuánto sabía. Quién puede saber eso.

Lo importante es que todos tiraban de mí con mucha fuerza, y acabé rompiéndome, claro.

Cuando la presión es demasiado grande, soltar una mentira, a veces, es lo menos malo que puedes hacer.

No me dolió. Lo dije con toda naturalidad. Simplemente noté cómo algo dentro de mí hacía *crack*, aunque quizá sólo fue el último cubito de hielo de mi boca rompiéndose entre mis dientes. Quién sabe.

—No, no. Por supuesto que no le he contado nada a Pablo.

Les dije justo lo que querían escuchar, pero al principio mis palabras no parecieron convencerles demasiado. Luego se miraron entre ellos, como si no fueran capaces de tomar una decisión por separado. Eso sí que me fastidió: ver cómo Natalia no me creía del todo por sí sola y necesitaba mirar a «ese novio suyo Agustín» para despejar sus dudas.

En aquel momento me adelanté en el tiempo y vi

que, en el futuro, si llegaba el caso, para mí sería más fácil disculparme por haber mentido que por haber dicho una verdad que no tenía que decir.

Pablo, Belén, Natalia, Agustín... De la noche a la mañana yo estaba en medio de un fuego cruzado, y eso me hizo recordar algo que Samsa me dijo esa misma mañana: «No te quemes, hombre: tú camina siempre por la sombra».

Yo no tenía más remedio que mentirles, así que al final les mentí.

Y ellos no tenían más remedio que creerme, así que al final me creyeron.

De alguna manera, aunque algo dentro de mí se hubiera roto, en aquel momento no me importó demasiado. Sentí que todo encajaba.

Era eso, como caminar por la sombra.

—Pablo no sabe nada —dije.

Natalia me miró fijamente a los ojos. Recordé una película que vi hace mucho tiempo: había un periodista que quería entrar en un palacio a entrevistar al dictador de no sé qué país de Asia o por ahí, pero los policías militares de la entrada no le dejaron pasar hasta que el periodista no se quitó las gafas de sol y les miró directamente a la cara. Al parecer, esos policías eran capaces de reconocer a un asesino con sólo mirarle a los ojos.

Natalia no era policía ni yo era un asesino, desde luego, pero el caso es que ella nunca me había mirado de aquella manera.

La verdad es que Natalia nunca me había mirado de ninguna manera.

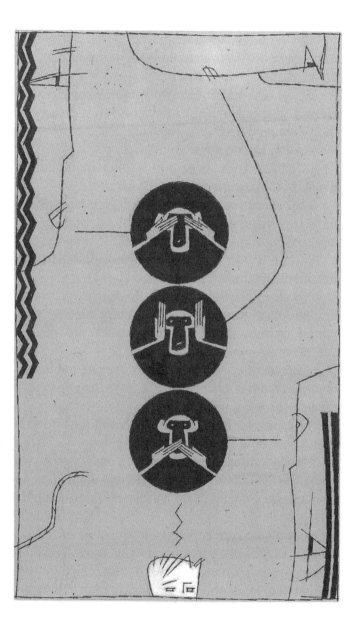

A lo mejor yo había mentido sólo para que Natalia me mirara a los ojos, aunque fuera durante apenas unos instantes.

Aquélla era mi primera conversación con ella y, sin embargo, yo le había soltado una mentira de las buenas. Cualquiera hubiera afirmado que ése no era un buen comienzo de nada.

—Te creo, Iván —me dijo Natalia, dando un pequeño suspiro de alivio.

—Sí, te creemos, hombre —dijo Agustín, como si me estuviera perdonando la vida y yo tuviera que ponerme de rodillas para agradecérselo.

Agustín llegó a levantar una mano como para darme una palmadita en la espalda o algo así.

«Si este tío me toca —pensé en ese instante, sin dejar de mirarle a la cara—, me levanto y me voy, o me pongo a gritar, o le doy un puñetazo, o algo, lo que sea, pero algo.»

Levantarme e irme de aquel Burger no hubiera sido difícil, pero eso habría sido..., no sé, una especie de falta de respeto hacia Natalia.

Ponerme a gritar habría sido ridículo, y todo el mundo pensaría que me había vuelto loco.

Y darle a Agustín un puñetazo..., bueno, yo no soy como García Llano. Yo nunca le había dado un puñetazo a nadie. Para empezar, porque no sabía cómo hacerlo.

No, no creo que hubiera sido capaz de hacer ninguna de esas cosas, pero por un momento a Agustín le pareció que sí; vio algo en mí, o intuyó algo, porque al final bajó la mano y no me dio ninguna palmadita.

No se atrevió, y eso me hizo sentirme bastante bien. Aquello me dio fuerzas para imaginar cómo y dónde estaría Agustín en el futuro, cuando el tiempo hubiera pasado por él, y lo que vi me tranquilizó mucho: le vi solo y lejos, muy lejos de Natalia, sin apenas pelo en la cabeza pero con la calva engominada y brillante, con una enorme barriga, y con un jersey amarillo de pico lleno de manchas de *ketchup*.

Una mentira no justifica otra mentira, lo sé, pero me consolaba saber que yo no era el único mentiroso de esta historia. Belén me había dicho que llevaba un par de semanas saliendo con un chico que había resultado ser este Agustín. Pero según él, lo suyo con Belén había consistido sólo en unos cuantos besos sin importancia.

Uno de los dos mentía, claro.

Y a mí no me resultó nada difícil decidir quién de los dos era el mentiroso.

—Te creemos, hombre —repitió Agustín.

—Sí —dijo Natalia.

—Sí —dijo Agustín.

La reunión estaba agotada. Ellos ya no tenían nada más que decirme, ya no teníamos nada más de qué hablar. Nos habíamos quedado sin conversación. No podíamos cambiar de tema y hablar de cualquier otra cosa porque aquello habría sonado a falso, así que pensé que aquél era un momento tan bueno como otro cualquiera para irme de allí.

Si la chica que más te gusta te llama y queda contigo para pedirte un favor, pero va y aprovecha la oportunidad para que te enteres de quién es su novio, entonces está claro que, si no quieres quedar como un tonto, tienes que ser el primero en marcharte, como si tuvieras mucha prisa por llegar a cualquier otra parte.

Pero justo en ese momento Agustín me fastidió del todo la jugada. Se me adelantó.

—Bueno —dijo, dándole un último y ruidoso sorbo a su Coca-Cola y levantándose de la mesa—, tenemos que irnos ya.

—Sí, tenemos que irnos, Iván —dijo Natalia, levantándose también.

Y entonces Natalia, antes de marcharse con «ese novio suyo Agustín», se inclinó sobre mí y me dio un beso.

Un solo beso en la mejilla.

Se podía decir que últimamente a las chicas les había dado por besarme en la mejilla.

Y por pedirme cosas.

«Esta historia va de besos y de tiempo», pensé al darme cuenta de cómo y por qué se habían liado las cosas en sólo dos días: desde que yo había visto por casualidad a Belén en La Colmena besándose con un chico que no era mi amigo Pablo, hasta el beso que acababa de darme Natalia, solamente habían transcurrido cuarenta y ocho horas.

Cuarenta y ocho horas.

Y aún estábamos a lunes: la semana acababa de empezar.

El caso es que, de momento, ahí estaba yo, en aquel solitario Burger, sentado en una mesa repleta de sobras que no eran mías.

Debería haberme largado de allí, pero por alguna razón me quedé.

Era como si, de repente, me hubiera dado cuenta de que no tenía ningún sitio adonde ir.

O como si esperase a que ocurriera algo más.

Y ocurrió.

—Perdone, ¿puedo recoger ya su mesa? —dijo alguien a mi lado.

Aquella voz...

Aquella voz me hizo girar la cabeza y, entonces, al ver lo que vi, sólo pude tragar un poco de saliva y quedarme quieto, muy quieto sobre mi silla.

Una vez oí decir que hay coincidencias con las que te mueres de risa y coincidencias con las que simplemente te mueres.

Y yo por poco me muero. Era increíble, pero era cierto, así que lo mejor era creérselo.

Delante de mí estaba García Llano. Llevaba puesta una ridícula gorra de colores e iba disfrazado de camarero.

Sólo que aquello no era un disfraz. Era su uniforme.

—Sí, claro, claro... —dije mientras me levantaba.

Pocas veces en mi vida me he sentido tan raro: no sé si tenía ganas de reír, o de gritar, o de llorar, o de qué.

García Llano no se movía con esa actitud de «apártate de mi camino» que tan famoso y temido le había hecho en el instituto. Aquí, en el Burger, tenía una cara normal, de persona normal. Quiero decir que era un tipo corriente que estaba haciendo su trabajo y punto.

No parecía alguien capaz de estamparte la carpeta en la cara por decirle algo fuera de lugar.

Era como si García Llano se hubiera quitado la máscara.

—Ya me iba —dije.

Creo que él no me reconoció. Y si me reconoció, lo disimuló muy bien. Puso sobre la bandeja todas las servilletas, cajas, vasos, sobres, pajitas, y lo echó todo al cubo de la basura. A continuación pasó por la mesa un paño húmedo para limpiar las migas y las manchas de *ketchup* y de grasa, y los circulitos de humedad que habían dejado nuestros vasos.

Yo no tengo nada contra el oficio de camarero en un Burger, todo lo contrario: si pudiera, no me importaría trabajar en un sitio así y sacarme algo de dinero para el verano. De hecho, quizá lo haga.

Algún día.

Pero quién iba a decir que García Llano llevaba una doble vida: por la mañana, el tío más bruto, más alto, más fuerte y más respetado de todo el instituto; por las tardes, un tranquilo recoge-mesas en un Burger.

García Llano me había dicho «perdone».

Pero eso no era lo mejor. Me pareció que lo mejor de todo, con diferencia, era que el mismísimo García Llano estaba recogiendo las sobras de las hamburguesas y las patatas y la Coca-Cola que se había tomado ese Agustín.

Todo resultaba perfecto: un tío absurdo estaba limpiando la mesa de otro tío absurdo. Casi suelto una carcajada al recordar lo que acababa de decirme el no-

88

vio de Natalia, eso de que era muy importante que los hombres de verdad se ayudaran unos a otros.

Aquello sí que era justicia y, para celebrarlo, se me ocurrió ir al mostrador de caja a por un helado como el que habían estado compartiendo aquellas dos chicas de la mesa del rincón.

Me pregunté qué cara pondría Samsa cuando se lo contara todo. Con Samsa uno nunca sabe lo que va a ocurrir, pero yo creo que nos estaríamos riendo un buen rato.

O quizá no. Recordé que Samsa no se reía. Al menos, no delante de mí. Puede que, cuando estuviera solo en su habitación, se tirase una hora riéndose de todo para no tener que hacerlo en público. O puede que sencillamente no se riera nunca.

Pero seguro que Samsa querría venir cuanto antes a comerse una hamburguesa.

Vaya día. Resulta que Natalia tenía un novio engominado y mentiroso. Resulta que García Llano no era un matón, sino un tipo normal que trabajaba de camarero en un Burger. A veces, descubrir que las personas no son solamente como tú creías es... como sentir de repente uno de esos terremotos que lo destruyen todo a su paso, pero dentro de ti. Todo se tambalea, y algunas cosas llegan a derrumbarse, y entonces tienes que volver a reconstruirlo todo si quieres entender algo y no ser un ignorante.

Disimulando lo mejor que pude, miré por última vez a García Llano. Estaba solo, en un rincón, barriendo el suelo con una escoba. Me fijé bien en su cara, en su gesto, en su actitud, y descubrí algo que no había visto al principio: además de estar aburrido, parecía estar muy triste por algo. Era evidente que las cosas no le iban muy bien.

No sé por qué, pero de repente ya no me apetecía el helado de chocolate. Quiero decir que ya no me parecía todo tan perfecto, ni mucho menos. De todos modos fui al mostrador de caja y dije:

—A ver, quiero un helado de chocolate blanco, por favor.

El chico de la caja me miró como si yo le hubiera pedido que me trajera un trozo de la Luna.

—Es que... sólo tenemos de chocolate normal —dijo, como si se sintiera culpable por ello.

—Bueno, pues que sea de chocolate normal —dije.

Entonces hice una cosa bastante extraña.

Pedí dos cucharas de plástico.

Capítulo nueve

Me guardo una de las dos cucharas de plástico en el bolsillo de mi camiseta.

Salgo del Burger con mi helado de chocolate normal y me lo voy comiendo mientras regreso andando a casa. Camino sin prisa. No me apetece coger el autobús.

Además, creo que está prohibido comer cosas en el autobús. «Sobre todo si es un helado de chocolate y tienes catorce años», pienso, aunque no sé por qué pienso una cosa así.

Cuando voy más o menos por la mitad del camino, me termino el helado y tiro el envase y la cuchara usada a una papelera. En total tardo casi una hora en cubrir todo el trayecto. Es de noche cuando llego al portal de mi casa.

Allí me encuentro a mi amigo Pablo. Está esperándome, sentado en un banco de la calle. Me alegro mucho de verle. Voy a decirle hola, pero en el último momento cambio de idea y no digo nada. Al verme se levanta de golpe y camina hacia mí como si quisiera aplastarme.

Aplastarme como si yo fuera una lata vacía.

Y por poco lo consigue, la verdad.

Me agarra por los brazos, me mira fijamente a los ojos y acerca mucho su cara a la mía para decirme:

—¿Por qué te metes donde no te llaman, eh? ¿Por qué siempre crees que los demás te necesitamos? Di, ¿por qué?

—Pablo, de qué estás... —empiezo a decir yo, pero él no me deja continuar.

—Tú no eres un amigo ni eres nada —dice.

Otra vez intento decir algo, pero Pablo no me deja.

—¿Se puede saber qué estás haciendo, Iván? ¿Qué estás... tramando? ¿Qué?... ¿Qué clase de amigo eres tú, eh?

Pablo me agarra de los brazos cada vez con más fuerza. Está empezando a hacerme daño.

«No veo lo que tú ves, Pablo», pienso, sin saber por qué.

Últimamente pienso muchas cosas sin saber por qué las pienso.

Miro hacia el portal de mi casa y veo al señor Casado al otro lado de la puerta de cristal. Sé que está observando toda la escena, aunque no puedo ver muy bien su cara. Seguro que está pensando eso de «los jóvenes de hoy» o algo parecido.

Entonces me llevo una mano al pecho. En ese momento sólo me preocupa asegurarme de que la cuchara de plástico sigue ahí, en el bolsillo de mi camisa.

Pablo me vuelve a agarrar de los brazos. Hoy le ha dado por agarrarme de los brazos y eso está empezando a cansarme.

—No lo niegues —dice—. No niegues que has hablado con Belén.

Ahora mi amigo Pablo me empuja.

—No lo niegues, Iván —repite.

Y vuelve a empujarme.

—No lo niego —digo.

Creo que Pablo no me ha oído, porque sigue dándome empujones mientras repite una vez más:

—No lo niegues.

—¡QUE NO LO NIEGO! —grito.

Mi amigo Pablo da un paso hacia atrás.

—¿Ah, no? —dice.

—¡Nooo! —digo.

Pablo y yo nos miramos. Él parece muy cansado, mucho. Tiene unas ojeras parecidas a las mías.

—¿Y por qué lo has hecho? —me pregunta.

—No lo sé.

—No lo sabes.

—No. Sólo quería... ayudar.

—Y entonces, ¿por qué no me contaste esta mañana que habías hablado con ella?

—Esta mañana no querías escuchar nada... y además Belén me dijo que no te lo contara.

—¿Eso te dijo?

—Sí.

—Y me lo cuentas ahora.

Vuelvo a mirar hacia mi portal. El señor Casado ya no está allí.

—Tranquilízate, Pablo, por favor —digo—, tranquilízate.

Nos sentamos en el capó de un coche, con los pies sobre el parachoques delantero.

¿Qué importancia tiene que le cuente ahora que ayer estuve hablando con Belén si él ya lo sabe? Y además, si lo sabe, es porque ella se lo ha contado.

Le digo que estuve hablando con ella cinco minutos y que no hablamos de nada importante.

—Lo siento.

Eso lo digo yo, no mi amigo Pablo.

Se levanta un poco de viento.

Es esa clase de viento que sopla algunas noches de otoño y que no es frío del todo, pero que lo parece, porque siempre te sorprende en camiseta. Durante el día ha hecho sol, y por eso olvidas que luego, por la noche, vas a necesitar un jersey. A mí por lo menos se me olvida.

—Belén me ha dejado esta tarde —dice Pablo.

Lo dice muy despacio, sin mirarme.

«Belén te ha dejado», pienso.

—Me ha dicho que le gusta un chico mayor —dice.

—Lo siento —digo otra vez.

Bajo la cabeza como si estuviera avergonzado por algo, o como si la culpa de todo fuera mía.

—De verdad que lo siento —digo.

Es la tercera vez que digo que lo siento en menos de un minuto.

Pablo sigue hablando y me explica cómo ha sido todo.

94

Por lo visto, él no le ha dicho nada a Belén. Ni siquiera que sabía lo del sábado por la noche con ese otro chico. Ni que yo se lo había contado. Ni que estaba dispuesto a perdonarle cualquier cosa. Ni nada de nada. Por lo visto, cuando Belén le ha dicho que quería dejarlo y que le gustaba otro, Pablo se ha callado y no ha dicho nada.

Algunas veces, sobre todo cuando tu novia te dice que quiere dejarte, lo mejor es callarse; así no corres el riesgo de decir ninguna estupidez.

—Me gustaría que nada de esto hubiera ocurrido —digo.

—Y a mí —dice Pablo.

—¿Sabes quién es? —digo.

—¿Quién es quién?

—Pues el otro, el tío que le gusta a Belén.

—Y yo qué sé.

—Claro.

—¿El qué está claro? —dice Pablo.

—No, nada..., no sé... Está claro que no sabes quién es el otro y, además, a quién le importa eso ahora.

—Exacto —dice—, ¿a quién le importa quién es ese tío? Peor para él...

—Eso, peor para él —digo.

Ahora sí que está empezando a hacer frío. El capó del coche donde Pablo y yo estamos sentados también está muy frío. Es curioso, ayer en la piscina ocurrió lo mismo: cuando Pablo y yo nos ponemos a hablar, parece que al final siempre acaba haciendo frío.

—Oye... —dice Pablo en voz baja.

—Sí...

—¿Tú quién crees que puede ser el otro?

Estoy a punto de decir «ni idea» cuando un coche en doble fila toca el claxon un par de veces, y Pablo y yo damos un bote sobre el capó.

Me doy la vuelta. Es el coche de mi padre. Él está dentro, sonriendo, y vuelve a tocar el claxon otra vez.

Levanto una mano y le saludo sin muchas ganas.

—Ya, ya te he visto, papá —digo, aunque sé que él no puede oírme.

Mi padre baja la ventanilla y hace señas para que me acerque.

—Es que estoy con Pablo —digo, señalando a mi amigo y gesticulando mucho con la cara para que mi padre pueda leerme los labios, pero él insiste, así que al final me acerco al coche.

—¿Qué haces, Iván? —me pregunta.

—Nada. Estoy con Pablo —digo.

—¿No estaréis fumando?

—Que yo no fumo, papá.

—Muy bien, muy bien...

Me da una moneda de quinientas pesetas y me dice que antes de subir a casa le compre una cajetilla de Marlboro en Valentín, el bar de la esquina.

—Si quieres, quédate con las vueltas —dice.

—Gracias, papá.

—Voy a ver si aparco. Y no tardes —me avisa antes de arrancar.

—No, papá.

En algunas películas americanas, los hijos llaman a sus padres por su nombre de pila. Yo creo que es una buena idea. No es lo mismo decir «he suspendido Ma-

96

temáticas, papá», que «he suspendido Matemáticas, Harry». Claro que mi padre no se llama Harry. Ni siquiera se llama como yo. En cualguier caso, a mí nunca me saldría eso de llamarle por su nombre de pila.

Pablo me acompaña hasta el bar de la esquina a comprar el tabaco de mi padre.

—...Y todo por culpa de mis tíos —dice Pablo—. Bueno, no es que haya sido culpa de ellos, pero si no hubieran venido...

—¿Cómo dices?

—Sí, el sábado. Si no hubieran venido mis tíos a cenar, yo no habría tenido que quedarme en casa... y entonces habría salido con Belén, como siempre, y a lo mejor no habría ocurrido nada de esto.

—¿Y por qué tenías que cenar con tus tíos?

—Pues para no dejar a mi madre sola, ya sabes... Desde que no está mi padre...

—Claro —digo—, pero al fin y al cabo estaba tu hermana.

—¿Natalia? Qué va. El sábado se fue por ahí, como siempre...

Así que Natalia se fue por ahí como siempre. No sé si esto es una mala o una buena noticia. De momento sólo sé que Natalia me ha mentido.

—Ya —digo.

—¿Ya qué? —dice él.

—Pues que ya. Que Natalia se fue por ahí el sábado... como siempre.

Entramos en el bar. Valentín, que está sentado en su taburete, me saluda y se limpia el sudor de la frente con un pañuelo. Valentín es el dueño del bar y está tan gordo que siempre está sentado en un taburete detrás de la barra, para descansar el peso de su enorme cuerpo. Nunca le he visto moverse de allí. Cuando algún cliente le pide algo, siempre dice: «María, pon esto» o «María, trae esto».

María es su mujer y también está muy gorda, pero ella sí que se mueve. No para de moverse de un lado a otro.

—Ah, oye —dice Pablo—, ¿y tú por qué no has venido hoy a clase?

—No me apetecía mucho, la verdad —digo—. Me fui por ahí.

—Pues a tercera hora el de Matemáticas pasó lista. Cuando dijo tu nombre, yo me levanté y le dije que no habías podido venir a clase porque estabas enfermo. Como no venías...

—¿Eso hiciste?

—Sí, para que no te pusieran una falta... —dice Pablo—. Supongo que no te importa.

—No, no, todo lo contrario. Gracias.

—Bueno, pero tampoco te hagas muchas ilusiones...

—¿Ilusiones?

Pablo y yo estamos frente a la máquina de tabaco. Saco la moneda de quinientas que acaba de darme mi padre. Creo que Pablo quiere decirme algo. Lo noto.

—Tengo que darte una pequeña mala noticia.

Eso lo dice Pablo, no yo.

Ahora que lo pienso, creo que es la primera vez que alguien me dice eso.

Ahora estoy escuchando.

—Creo que no coló del todo —dice—, porque cuando dije que estabas enfermo, el de Matemáticas me miró, se rió y dijo: «¿Enfermo? ¿Iván, enfermo? No me digas.»

—Ya, bueno —digo—. Gracias de todas formas.

Echo la moneda de quinientas pesetas en la máquina de tabaco.

—Oye, cambiando de tema. A ti te sigue gustando mi hermana Natalia, ¿verdad?

—Más o menos.

—¿Y por qué no la llamas algún día?

—Ya la he llamado —digo.

—¿Ah, siiií?

No miro la cara de mi amigo Pablo, pero por el tono de su voz sé que tiene en los labios una de esas sonrisas suyas.

—¿Y cuándo ha sido eso? —dice.

—Esta misma tarde —digo, presionando el botón de Marlboro—. He quedado con ella. Cuando me has visto llegar a casa, venía de estar con tu hermana.

—La primera cita —dice.

—Sí, sí, eso...

—Bueno, cuenta, ¿qué tal te ha ido?

En la máquina de tabaco se enciende un luminoso que parpadea: «Introduzca el importe exacto».

—Valentín —digo—, la máquina de tabaco se ha quedado sin cambio.

Me fijo en un cartelito que hay colgado en la pared, al otro lado de la barra, y en el que puede leerse: «Prohibido servir bebidas alcohólicas a menores de 16 años».

Pablo sigue mirándome y repite:

—Que qué tal te ha ido con Natalia.

—Bah, no ha estado mal —digo, encogiéndome de hombros.

Oigo la voz grave de Valentín que dice:

—María, a ver si traes cambio.

Capítulo diez

—Te vas a enterar, chivato —me dice un tío que mide veinte centímetros más que yo.

Los tíos altos y grandes se creen que pueden ir por ahí empujando a cualquiera que les dé la gana. Probablemente tienen razón.

—Te vas a enterar —repite.

Pero eso no es lo peor que me dice. También me dice:

—Te voy a partir la cabeza.

Y:

—Eres tan idiota que no te vas a enterar de la paliza que te voy a meter.

A mí desde luego jamás se me habría ocurrido ese tipo de frases, y mucho menos decírselas a alguien.

Pero él las dice con la cara de alguien que está hablando muy en serio, o sea, con la cara de alguien que está acostumbrado a pegar palizas.

Son las nueve de la mañana y estoy en la puerta del instituto. No veo a mi amigo Pablo por ningún lado. Parece que tampoco Natalia y Samsa han llegado todavía.

—Pero yo... —tartamudeo—, yo... no sé de qué me hablas.

Agustín parece mucho más grande que en el Burger y ahora no lleva un jersey amarillo, sino una cazadora de cuero. A su lado hay dos tíos que van tan engominados como él y que tampoco son de mi instituto.

Agustín los mira y les hace un gesto que parece ensayado. Creo que ese gesto significa «a por él, chicos», o algo parecido. Luego insiste otra vez:

—Te vas a enterar, chivato.

—Te vas a enterar —repite el que está a su derecha.

—Yo no he hecho nada —digo.

Los curiosos empiezan a congregarse a nuestro alrededor. A veces me ponen enfermo las ganas que tiene la gente de ver estas cosas.

«Ellos son tres —pienso— y son mayores que yo, y encima yo no tengo ni idea de pelear, y me van a pegar una paliza, lo acaban de decir.»

La única posibilidad que tengo es convencerlos de que yo no he hecho ni he dicho nada.

—No he dicho nada, de verdad —digo.

Deseo con todas mis fuerzas que la tierra se abra en ese momento y se los trague a los tres de golpe, pero no ocurre nada, por supuesto. Desear algo con todas tus fuerzas no suele servir de nada, sobre todo si es algo tan absurdo como eso.

Pienso en Pablo. Pero también pienso en Samsa, y en Natalia. Me pregunto dónde estarán en este momento.

—Lo siento, pero tengo que irme ahora mismo a clase —digo.

—No te muevas, listillo —me amenaza Agustín.

La gente murmura, pero nadie hace nada. Veo a García Llano al fondo, entre el grupo de curiosos que nos rodea. Parece que se está riendo de algo.

—Le has dicho a Pablo que me enrollé con su novia —dice Agustín.

Lo dice allí, delante de todos. No veo a Pablo por ninguna parte.

—Te lo advertí —dice—, te advertí que no se lo contaras.

—Yo no se lo he contado —digo.

Y es verdad. No se lo he contado.

Agustín levanta cada vez más la voz. Se nota que quiere que todo el mundo le oiga.

—Venga, hombre, déjale en paz, sois tres contra uno —grita alguien.

—¿Quién ha dicho eso? —dice Agustín, girándose con rapidez hacia el grupo de gente.

Nadie responde.

—A ver, ¿se puede saber qué miráis todos? —pregunta Agustín.

Los dos amigos de Agustín llevan guantes negros. Cada uno me agarra de un brazo y me sujetan con fuerza.

—Eh..., un momento... —empiezo a decir.

—Calla —dice Agustín.

Se oye otra voz:

—¡Zurradle bien, chicos!

Creo que ése ha sido García Llano, pero no estoy seguro.

Acabo de darme cuenta de una cosa: Agustín tiene un ojo siempre medio cerrado.

Cierra también el puño y lo lanza contra mi cara. Todo ocurre como a cámara lenta. Puedo ver perfectamente su ojo medio cerrado y su enorme puño volando hacia mí. Veo sus nudillos, enrojecidos por el frío de la mañana. Apenas tengo tiempo de apretar la mandíbula y cerrar la boca.

Es la primera vez que me dan un puñetazo. No duele mucho. Lo que ocurre es que piensas «me han dado un puñetazo», y eso sí que duele.

Me da justo en la boca.

Justo.

La carpeta se me ha caído al suelo.

—A que duele... —me dice en el oído uno de los amigos de Agustín.

Noto en la boca un sabor cálido, extraño. Vuelvo la cabeza y escupo en el suelo algo de color rojo, saliva mezclada con sangre. No puedo creerlo: Agustín me ha partido el labio.

Me gustaría saber qué pensaría Natalia de todo esto. A lo mejor haría algo, pero no sé qué.

Nadie hace nada. En ese momento suena el timbre de entrada y todo el mundo se marcha de allí en dirección a las clases.

—¿Puedo recoger mi carpeta?

—¿Eh? —dice Agustín.

—Mi carpeta.

—Ah, sí.

Yo cojo mi carpeta y ellos me cogen a mí entre los tres y me llevan lejos de allí. Intento quitármelos de encima de alguna manera, pero no puedo.

«Hoy tampoco voy a ir a clase, tengo que arreglar unas cuentas con unos amigos», pienso.

Llegamos al Rompehuesos y me empujan contra el balancín de madera.

Siempre he pensado que pegarse con alguien es de auténticos retrasados, por eso nunca me he pegado con nadie. La verdad es que no tengo ni idea de cómo he llegado a esta situación, pero ya que estos tres me van a dar de todas formas, tampoco es plan andar pidiéndoles perdón por una cosa que encima no he hecho.

—Yo no he dicho nada —digo.

—Ya lo sé —dice Agustín.

Agustín parece nervioso. Camina de un lado a otro igual que uno de esos leones del circo que están enjaulados, pero que no parecen salvajes ni nada.

Me miro la camiseta y veo que está un poco manchada de sangre. No sé qué voy a decirle a mi madre cuando me vea.

—Te debo una, tío —dice.

—¿Qué?

—Ya sé que tú no le has dicho nada a Pablo —dice.

—¿Lo sabes?

—Ése es el problema.

—¿Cuál?

—Pues ése, que Pablo tiene que enterarse de que me he enrollado con su novia —dice Agustín.

Lo dice como si estuviera clarísimo.

Uno de sus amigos con guantes negros dice:

—¿Nos vamos ya?

—Espera un momento, ¿quieres? —dice Agustín—, ya nos vamos.

—No lo entiendo —digo.

Sé perfectamente que Agustín es un tío con el que nunca me llevaré bien. Nunca jamás será mi amigo porque tiene dieciocho años, porque habla con la boca llena de comida, porque no me gusta la forma que tiene de mirar a la gente y porque parece que siempre está a punto de hacer algo sucio.

Me explica que él quiere dejar a Natalia, pero que no quiere hacerla sufrir. Que es una chica muy sensible y que en seguida se pone a llorar y que parece que está muy segura de lo que dice y todo eso, pero que es un puro farol, que ella es muy, muy sensible y que él no soporta que una chica se ponga a llorar.

—No puedo ver a una chica llorando —dice—, ¿me entiendes? No lo soporto.

Luego me dice que además ella se lo perdona todo, incluso que se haya enrollado con Belén.

—Y yo no quiero que ella me perdone, ¿comprendes?

Agustín me dice que no encuentra la manera de librarse de Natalia sin hacerle daño y sin que le haga una escena. Me explica que, como él no puede dejarla, quiere que sea ella la que le deje a él, pero que para eso hace falta que Pablo se entere de lo que ha sucedido y que así se monte una buena bronca.

—Una buena bronca —dice.

Agustín piensa que ésa es la única manera de que Natalia le abandone, porque una buena bronca con su hermano es lo único que Natalia no le perdonaría nunca.

—Ahora todos saben que me he enrollado con Belén —dice, señalando hacia el instituto—, y además todos piensan que tú se lo has contado a Pablo. Y cuando lo sepa Pablo, en seguida lo sabrá Natalia, y todo se arreglará.

—Así que todo se arreglará —digo—. Ya.

Escupo otra vez al suelo. Creo que el labio ha dejado de sangrarme, pero la saliva sigue siendo roja.

—¿Nos vamos, Agustín? —pregunta otra vez uno de sus amigos.

Agustín se vuelve hacia él y le mira con expresión asesina.

—¿Tú eres tonto o qué? —dice Agustín—. ¿No te he dicho que esperéis un segundo?

—Bueno, hombre —dice el de los guantes negros, mirando al suelo.

Agustín se vuelve hacia mí y continúa hablándome:

—Los hombres tenemos que ayudarnos unos a otros —dice—. Ah, y perdona por lo de antes..., ya sabes, lo del puñetazo. Perdona, chico, pero era necesario. Tenía que parecer que estaba cabreado de verdad. Era teatro, nada más.

«¿Dónde estás, Samsa?», pienso.

Miro a Agustín y me concentro en su boca moviéndose mientras habla. Pienso en su forma de masticar las patatas y las hamburguesas. No lo puedo evitar. También pienso que esa boca es la misma boca que ha besado a Belén.

Y a Natalia.

Si Samsa estuviera ahora mismo en mi piel, él sabría qué hacer, ya lo creo.

Agustín se saca del bolsillo de su pantalón un pañuelo blanco perfectamente doblado.

—Anda, límpiate —me dice, ofreciéndome el pañuelo.

—¿Qué?

—La sangre, hombre —dice él.

—No hace falta —le digo, escupiendo otra vez al suelo.

—Como quieras. Bueno, te debo una, chico —me dice, como si me debiera un gran favor cuyo verdadero significado sólo pudiéramos comprender él y yo, uno de esos favores cuyo significado sólo los hombres de verdad podemos comprender.

Agustín se da media vuelta y, sin mirar a sus dos amigos, les dice:

—Nos vamos.

Agustín se está alejando y yo pienso que todo ha salido mejor de lo que pensaba: sólo he recibido un puñetazo.

El primer puñetazo de mi vida.

Sin embargo, también empiezo a pensar otras cosas:

Los niños pequeños se hacen heridas en el Rompe.

108

Todavía es muy temprano para andar pegándose.

Y yo soy Iván.

«Sube, Iván, tú sube un poco, anda», me había dicho Samsa.

«Tú eres Iván», había dicho Agustín nada más verme en el Burger.

«Haz algo», pienso.

«Haz lo que tú harías.»

Así que hago algo, algo que nunca había hecho, algo que pensé que nunca haría, algo no muy sensato, creo. Pero lo hago de todos modos.

Tiro mi carpeta al suelo y empiezo a correr hacia Agustín con los puños cerrados. Me da tiempo a pensar en lo mucho que me gustaría que Pablo, pero sobre todo Samsa y Natalia estuvieran allí para ver lo que estoy a punto de hacer.

No quiero pillarle desprevenido, así que, justo antes de llegar a su altura, grito:

—¡Tú!

Agustín gira la cabeza y puedo contemplar sus ojos durante un instante que parece durar toda una eternidad. Veo cómo me mira ese ojo suyo medio cerrado. Casi me veo reflejado en su pupila.

Agustín exclama algo al verme, algo que es como una mezcla de dolor y sorpresa.

Le golpeo en el pecho y un poco en la cara, una especie de doble puñetazo, aunque no con mucha fuerza. De todas formas, él tropieza con sus propias piernas y cae al suelo, y yo casi me caigo con él.

Agustín se queda allí tirado, en medio de una nubecilla de polvo. Los dos tíos de los guantes negros me miran con los ojos como platos, sin saber qué hacer.

—Joder, tío —dice Agustín entre jadeos.

Los otros dos dan un paso hacia mí; creo que ya han tomado un decisión acerca de qué hacer conmigo.

—Eh, quietos —dice Agustín desde el suelo.

Parece que Agustín está mareado. Se toca la cara con cuidado, pero no tiene nada, no le he hecho sangre. Empieza a levantarse, pero en el último momento pierde el equilibrio y cae otra vez. No es que Agustín me dé pena, no, todo lo contrario. Pero la verdad es que resulta un poco patético verle ahí tirado, con su chaqueta de cuero manchada de arena. Ahora Agustín no me da miedo.

Ningún miedo en absoluto.

Más bien estoy asustado de mí, no sé cómo explicarlo.

—Joder, tío —vuelve a decir.

Y entonces hago lo último que esperaba hacer: le tiendo a Agustín mi mano para ayudarle a levantarse del suelo.

Agustín estrecha mi mano con fuerza y yo tiro de él.

Es curioso, nadie me había dado nunca la mano con tanta fuerza.

Ni siquiera Pablo, mi mejor amigo.

Cuando Agustín se pone de pie, se queda frente a mí, mirándome muy fijamente y sacudiéndose con las manos el polvo de la chaqueta.

—Dejadnos un rato —les dice a sus amigos, pero

sin dejar de mirarme—, quiero hablar con éste.

Los dos ponen cara de no entender nada de nada. Luego dan media vuelta y se van de allí.

Estoy solo con Agustín en el Rompehuesos.

Son las nueve y pico de la mañana y hoy es martes, el segundo día de clase en el instituto, y estoy solo con Agustín en el Rompehuesos.

Pablo tenía razón sin saberlo: no he ido a clase porque estoy enfermo, de alguna manera todavía estoy enfermo, y tengo que curarme.

Escupo al suelo.

Supongo que, cuando te haces una herida, es bueno que salga un poco de sangre.

Pero mi saliva ya no está manchada de sangre, aunque el labio me escuece un poco.

—Ahora estamos en paz —dice Agustín, y lo dice en plan solemne, como si estuviera diciendo una gran verdad.

Pero yo no estoy de acuerdo.

Si alguien te da un puñetazo delante de todo el mundo sabiendo que tú no tienes la culpa de nada y luego tú vas y le empujas y le tiras al suelo, eso no significa que todo esté solucionado, ni mucho menos.

Creo que no sé por qué empujé a Agustín, y tampoco sé exactamente por qué le ayudé después a levantarse. Supongo que lo hice porque me parecía que debía hacerlo, simplemente. Además, no creo que tenga nada de malo echarle un cable a alguien que está tirado en el suelo, por muy mal que te caiga y aunque te haya dado un buen puñetazo.

Agustín podía ser mi enemigo o algo así, pero yo no le odiaba ni nada parecido. Creo que no tiene nada que ver una cosa con la otra. Además, yo no sé odiar, nunca he sabido cómo se hace eso.

Yo sé hacer algunas cosas, como enfadarme, o poner cara de «ya verás la que te espera», o ponerme triste, o dar malas noticias....

Y, aunque no me gustaría tener que volver a hacerlo nunca más, ahora también sé dar algunos puñetazos si hace falta.

Pero no sé odiar. Eso sí que no.

Quizá todo esto tenga que ver con tener catorce años y con todo eso que dicen de tener que ir por ahí demostrando algo.

«Qué quieres demostrar, Iván?», me dice muchas veces mi madre.

No tengo ni idea de qué quiero demostrar. De todas formas, como creo que Agustín tampoco lo entendería, le digo:

—Tú y yo no estamos en paz. Tú y yo no nos parecemos en nada.

El corazón se me acelera un poco al decirle eso.

Decir sin miedo y a la cara lo que uno piensa a alguien como Agustín es una experiencia. Toda una experiencia.

—A lo mejor —dice Agustín—, tú y yo nos parecemos más de lo que tú te crees. Lo que pasa es que uno ha tenido más suerte que el otro y nada más.

Recuerdo una frase que oí una vez en una película y se la suelto a Agustín así, tal cual la recuerdo:

113

—Uno se busca su propia suerte —digo.

Y ya que estamos en plan de decir frasecitas, también digo:

—Cada uno tiene lo que se merece.

—Pues tú y yo nos merecemos una cerveza —dice Agustín—. ¿Te apetece una? Podemos comprar unas latas y...

—No, es muy temprano para mí —le digo, como si estuviera acostumbrado a beber de toda la vida—. Además..., no tenemos nada que celebrar.

«Nos merecemos una cerveza», había dicho Agustín. Yo creo que a él no le apetecía tampoco una cerveza ni nada de eso, a lo mejor lo que le apetecía era un *donut* de chocolate, pero decir «nos merecemos un par de *donuts* de chocolate, tío» habría sonado un poco ridículo.

No tenía ningunas ganas de estar de charla con Agustín en el Rompehuesos, pero la verdad es que de momento tampoco tenía ganas de ir a clase, sobre todo con un labio partido y la camiseta manchada de sangre. Tendría que dar un montón de explicaciones y, ya puestos, tendría que contar toda esta historia desde el principio.

Además, me parecía que esta historia todavía no había terminado.

Miro con impaciencia la hora en mi reloj de pulsera. Creo que lo hago para que Agustín piense que mi tiempo vale más que el suyo y que yo tengo otras cosas más importantes que hacer aparte de estar allí con él. Me habría gustado tener un reloj de bolsillo con una cadenita plateada, como el de Samsa.

Son casi las diez. Me pregunto si hoy Pablo habrá dicho otra vez en clase que yo no he podido ir porque estoy enfermo.

—¿Tú no vas a clase? —le pregunto a Agustín.

No es que me interese demasiado saber dónde estudia Agustín. Se lo pregunto por preguntarle algo, nada más.

—Ya iré, hombre, hay tiempo para todo...

—Pero tú tienes dieciocho años —insisto—. ¿No deberías empezar este año la universidad y todo eso?

Agustín y yo nos sentamos en un banco del Rompehuesos. No lo hacemos como dos buenos amigos que se sientan a charlar un rato sobre cualquier cosa. Lo hacemos para no tener que estar de pie en medio del parque.

—La verdad es que yo no tengo dieciocho años —dice Agustín—. No sé por qué te lo digo. No sé qué me pasa hoy contigo, tío.

—¿Entonces cuántos tienes?

—...Veinte.

No digo nada, y tampoco le miro, pero me las arreglo para poner cara de no creerme nada.

—Es verdad —dice Agustín—. Es la tercera vez que repito COU. Me quedan un par de asignaturas todavía, por eso no puedo ir a la universidad.

—Ya —digo.

—Espero que no se lo cuentes a nadie. ¿Se puede confiar en ti, no?

—Sí, sí, se puede —digo, muy serio.

—Natalia y Belén creen que estoy haciendo Empresariales. Eso les he dicho, pero no es verdad. Las chicas son muy raras, ya sabes, y... ¿Pero por qué te estoy contando yo todo esto?

—Ni idea. Porque te da la gana —digo yo.

—Será eso. Oye, ¿y tú... cuántos años tienes?

—Unos cuantos —respondo.

Agustín me mira y dice:

—¿Seguro que no *te hace* una cerveza?

—Que no, en serio.

—Tengo chicles. Me los dio Belén el otro día.

—De fresa ácida, ¿verdad?

—Pues sí. ¿Cómo lo has adivinado?

Agustín saca de su cazadora un paquete de chicles y se lleva uno a la boca. Hace un montón de ruido al masticar.

—El otro día quedé con ella —digo—. Aquí mismo, en el Rompehuesos, en esos columpios de ahí.

Agustín se vuelve hacia mí. Noto que se pone un poco nervioso.

—Me llamó para hablar, nada más —aclaro—. Le pasaba con Pablo lo mismo que a ti con Natalia. Me contó que le gustaba un chico, o sea tú, y que no sabía cómo decírselo a Pablo. Pero ayer se lo dijo. Le dejó.

La verdad es que yo tampoco sé por qué le estoy contando todo esto a Agustín. Parece increíble, pero siento como si Agustín fuera la única persona con la que puedo hablar de estas cosas.

—Ya ves —digo—, a lo mejor no hacía falta mon-

116

tar ningún numerito ni darme ningún puñetazo delante de todos.

—¿Pero Pablo sabe que ese chico soy yo? —me
pregunta Agustín—. ¿Y Natalia? ¿Natalia sabe que yo
estoy con Belén?

—Y yo qué sé. Yo ya no sé nada, no tengo ni idea
de si ellos lo saben o no lo saben o si les importa o
qué. Sólo sé que habéis montado un gran lío entre todos, y que yo estoy harto.

—Tienes razón. Esto es un verdadero lío.

—Sí —digo yo.

—Oye, a propósito: a ti te gusta Natalia, ¿no?

—No sé —digo.

En vez de preguntarle cómo sabe él eso, me pongo
a pensar en Natalia y en la mentira que me había dicho. En el Burger, delante de Agustín, me había dicho
que el sábado por la noche se había quedado en casa
con su madre y con sus tíos, pero Pablo me había dicho que no, que fue él quien se quedó en casa, y que
Natalia se había ido por ahí, como siempre.

Yo sé dónde estuve el sábado por la noche.

Yo sé dónde estaban casi todos...

Pablo, en casa, con sus tíos.

Belén y Agustín, juntos, en La Colmena.

Pero, ¿y Natalia?

Me gustaría saber dónde y con quién estuvo Natalia el sábado por la noche.

—...Tu oportunidad, tío —dice Agustín.

—¿Qué?

—Que si te gusta Natalia, ésta es tu oportunidad. In-
tenta algo. Además, a mí me harías un favor, ya sabes.

De pronto recuerdo que en este mismo sitio, hace sólo veinticuatro horas, Samsa también me había animado a que hiciera algo con Natalia.

Y pienso que Samsa había hablado de Natalia como si la conociera de toda la vida. Y que aquello era muy raro. Y pienso que no me gusta nada pensarlo.

Ha llegado otra vez el momento de decir sin miedo y a la cara lo que pienso, y lo hago. Miro a Agustín y le digo:

—Yo no voy a intentar nada con Natalia de esta manera. Y menos por hacerte a ti un favor.

Por un momento me da la sensación de que va a haber más puñetazos y todo eso entre Agustín y yo, pero sería absurdo. Después de todo lo que ha pasado, ya no viene a cuento. Supongo que él también piensa lo mismo o algo muy parecido, porque me dice:

—¿Sabes una cosa, Iván?

—No.

—Pues... que me caes bien, ya ves. Eres un tío... legal y todo eso.

—Ya.

—Nunca le había dicho a nadie una tontería así. Pero contigo, no sé..., quizá hasta podríamos ser amigos y todo eso, ya sabes.

—¿Amigos? ¿Tú y yo?

—Yo no te caigo muy bien, ¿verdad?

—No sé...

—A veces creo que no le caigo bien a nadie. Es difícil caer bien a la gente.

—Sobre todo si vas por ahí dando golpes a todo el mundo.

118

Estoy harto de las personas que se dedican a meter miedo a los demás. Y Agustín es una de esas personas. Igual que García Llano. O incluso Samsa, sólo que Samsa lo hace de otro modo...

La verdad es que esta charla con Agustín está empezando a ponerme mal cuerpo. Y el labio me escuece bastante.

Miro otra vez la hora en mi reloj de pulsera. Calculo que mis padres ya se habrán ido a trabajar. Aunque con la camisa se tapan las gotas de sangre, pienso que a lo mejor no sería tan mala idea ir a casa, cambiarme de camiseta, curarme un poco la herida del labio y luego volver al instituto justo a la hora del recreo.

—Tengo que irme —le digo a Agustín, recogiendo mi carpeta.

—¿Ya te vas, tío?

—Sí.

—Oye, perdona otra vez por lo del puñetazo. Ya sabes, no era nada personal, yo...

—Sí, sí, claro. Adiós —digo, y ninguno de los dos dice nada más.

Dejo a Agustín allí solo, sentado en el banco, y me voy andando a casa.

Cuando llego, veo una ambulancia aparcada enfrente de mi portal. Las sirenas de la ambulancia giran en silencio y sus puertas traseras están abiertas. Hay un montón de curiosos por allí y todos miran hacia el portal de mi casa. Entre ellos reconozco a Valentín y a María, su mujer. Es la primera vez que veo al gordo Valentín a este lado de la barra de su bar. Tiene que haber ocurrido algo importante para que Valentín se levante de su taburete, así que me acerco a él y le doy un toque en la espalda.

—Valentín —digo.

Él gira hacia mí su enorme cuerpo.

—¿Eh? Ah, hola, chaval.

—Valentín, ¿qué ha pasado?

—El portero de tu casa. Un infarto, dicen. Mal asunto, mal asunto. Mira, ya le sacan.

Me pongo de puntillas y consigo ver algo por encima de todas las cabezas de los curiosos. En ese momento dos hombres vestidos de blanco salen del portal de mi casa llevando una camilla con ruedas. En la camilla hay alguien tapado hasta el cuello con una manta de color metálico, pero no puedo verle bien la cara porque la tiene cubierta por una mascarilla de oxígeno.

—Pobre hombre —dice María—. Digo yo que se lo llevarán al Juan Pablo Primero. Es el hospital más cercano, ¿no, Valentín?

Valentín asiente con la cabeza.

«Juan Pablo Primero», pienso, y memorizo el dato.

No hace frío, pero tiemblo un poco por dentro al oír el golpe que hacen las puertas de la ambulancia al cerrarse. Todo termina rápidamente: empiezan a sonar las sirenas, la ambulancia se pone en marcha y desaparece al momento tras una esquina, aunque el ruido de las sirenas sigue oyéndose durante un buen rato.

El grupo de curiosos se disuelve en seguida, en

120

cuanto se acaba el espectáculo, pero nosotros tres nos quedamos un momento allí, en la acera, como si aquello todavía no hubiera terminado.

—¿Y a ti qué te ha pasado? —me pregunta María, mirando mi cara y mi camiseta manchada de sangre.

—Nada —digo—. He tropezado.

—¿Ah, sí? —dice Valentín—. ¿Con qué? ¿Con un ejército enemigo?

—Bueno, algo parecido.

Intento sonreír un poco al decir esto, pero no puedo. Se me han quitado las ganas de sonreír y de todo al ver cómo metían aquella camilla en la ambulancia.

—¿Tú no deberías estar en clase a estas horas? —dice María.

—Sólo he venido a cambiarme y a curarme el labio. Pero ahora mismo me vuelvo al instituto.

Valentín me mira con desconfianza y preocupación al mismo tiempo.

—¿Tienes problemas, chico? —dice.

—Sí —respondo—. Quiero decir, no. Ningún problema.

—A ver, María —dice Valentín—, tráele al chico un poco de agua oxigenada y todo eso.

—No hace falta, gracias.

—¿Seguro? —me pregunta María.

—Seguro.

Valentín rodea con un brazo la cintura de su mujer. Me parece que Valentín quiere mucho a su mujer y, al verlos así, tan pegados el uno al otro, siento una especie de envidia, no sé cómo explicarlo.

121

Yo nunca he visto a mi padre rodear con su brazo la cintura de mi madre. No digo que no lo haya hecho, sólo digo que yo nunca lo he visto.

—Como quieras, chaval —dice Valentín—, pero nosotros nos vamos, que hemos dejado el bar solo.

—La vida continúa —añade María.

—Y los clientes esperan —dice Valentín.

Valentín y María entran en el bar, pero yo no entro en el portal de mi casa.

Ni hablar.

Recuerdo lo que le dije ayer al señor Casado: «He oído que están buscándole un sustituto..., creo que alguien debía decírselo».

Me imagino a mí mismo esa tarde, regresando a casa después del instituto. Me veo entrando en el portal, mirándome como siempre en el espejo que hay al pie de las escaleras y oyendo de repente una voz saliendo de la garita acristalada del señor Casado: «¿Por qué tuviste que decírmelo? ¿Por qué tuviste que decírmelo, chico?»

Se me pone la carne de gallina.

Entrar solo en el portal es lo último que haría en mi vida.

Miro otra vez la hora en mi reloj de pulsera. Faltan diez minutos para que empiece el primer recreo de la mañana en el instituto. Me abrocho los botones de la camisa para ocultar del todo las manchitas de sangre de mi camiseta.

Después de asegurarme de que llevo encima la cuchara que cogí en el Burger, doy media vuelta y emprendo el camino de regreso al instituto, otra vez con la sensación de que las cosas aún no se han terminado del todo.

«La vida continúa.»

«Y los clientes esperan.»

Capítulo once

E l Bombilla encendió el ventilador y después cerró la ventana.

—Maldito olor.

Eso no lo dije yo, por supuesto. Nunca se me ocurriría decir la palabra *maldito* en el despacho del Jefe de Estudios de mi instituto.

En realidad no dije absolutamente nada. Sé por experiencia que en estos casos lo mejor es no abrir la boca a no ser que te pregunten, porque cualquier cosa que digas podría ser usada en tu contra y todo eso, igual que en un juicio.

El despacho del Bombilla es tan pequeño y todo estaba tan ordenado que me hizo pensar en una caja de zapatos vacía y reluciente. Pero él parecía estar muy orgulloso de ese despacho-caja de zapatos. Era diminuto, pero era todo suyo, eso sí. Lo ponía en la puerta: «D. Carmelo Baena - Jefe de Estudios».

«El Bombilla, Jefe de Estudios», pensé.

—¿Será posible? Maldito olor —repitió, y me miró como si estuviera esperando a que yo le diera la razón, pero no abrí la boca; no tenía ningún motivo para hacerlo.

En el patio unos obreros estaban quemando un montón de basura. Nadie sabía qué era toda aquella basura ni de dónde había salido. Lo único cierto es que el humo de la hoguera había entrado por las ventanas y ahora en todo el instituto había un olor como a plástico chamuscado.

—¿Sabes lo que es esto? —dijo el Bombilla, agitando un papel amarillo en su mano derecha.

El Bombilla no es un mal tío. Quiero decir que no es de esos profesores que andan fastidiándote, no. Yo creo que su único problema es que tiene la cabeza muy grande, y él lo sabe. Eso es lo que le pasa; que todo el rato tiene que hacer y decir todo tipo de cosas para que la gente no le tome el pelo.

Carmelo, o sea el Bombilla, está demasiado preocupado por el tamaño de su cabeza, y por eso se pone tan serio y te echa la bronca y te dice que te va a echar del instituto, aunque él sepa que tú no tienes la culpa de que su cabeza tenga ese tamaño. La verdad es que, si yo tuviera una cabeza como la suya, a lo mejor también me dedicaría a decir cosas desagradables a la gente.

—¿Sabes lo que es, Iván? —repitió.

Yo me encogí de hombros. Ya he explicado que cuantas menos cosas digas en estos casos, mucho mejor.

El ventilador que había sobre nuestras cabezas hacía un ruido chirriante y metálico muy desagradable. Era uno de esos ventiladores antiguos, con aspas enormes. Pensé que le faltaría un poco de aceite y que por eso hacía ese ruido. Traté de imaginar al Bombilla subido a una escalera y engrasando con mucho cuidado el enorme ventilador de su pequeño despacho.

—Siéntate —dijo.

Me senté en una pequeña silla frente a su mesa.

El Bombilla se sentó encima de la mesa, muy cerca de mí.

—Es el parte de asistencia —dijo, y estampó el papel amarillo de un manotazo sobre la mesa, con mucha fuerza.

—Ya —dije.

Era la primera vez que abría la boca para decir algo. Tampoco podía permanecer completamente callado todo el tiempo. El Bombilla podría pensar que no le estaba tomando en serio.

—Dos días faltando a clase sin causa justificada —dijo—, dos días..., y justo cuando comienza el curso.

Estuve a punto de explicarle que había estado enfermo, que un amigo mío ya se lo había dicho al profesor de Matemáticas... Pero en seguida recordé a Pablo diciéndome: «Creo que no coló del todo...» Y pensé que, si le hablaba al Bombilla de aquel asunto, la cosa podría ponerse peor.

El Bombilla volvió a mostrarme el parte de asistencia, la prueba definitiva de mi delito. Después se levantó y fue hasta la ventana con el papel en la mano. Cuanto más se alejaba de mí, más grande parecía que tenía la cabeza.

—Y además —dijo—, me han dicho que has tenido... problemas con otros chicos en la puerta del instituto, y que has estado bebiendo alcohol durante las horas de clase...

El teléfono empezó a sonar.

El Bombilla me miró, me señaló con el dedo índice como diciendo «espera un segundo» o «no te muevas de ahí», y a continuación descolgó el auricular.

—¿Sí...?

Yo había estado dos días haciendo todas esas cosas que decía el Bombilla, pero no me había dado cuenta. Quiero decir que cualquiera que estuviera oyéndole hablar de mí podría pensar que yo era uno de esos tíos peligrosos que salen en las películas americanas, de los que van por ahí todo el día bebiendo cerveza y armando bronca y que luego siempre acaban mal.

Sin embargo, el Bombilla estaba hablando de mí.

Aquello tenía cierta gracia.

Yo no era peligroso en absoluto.

«Tú eres Iván», había dicho Agustín nada más verme. «Siempre he confiado en ti», había dicho Belén. «Se puede confiar en ti», había dicho también Natalia. Pero el Bombilla no parecía confiar en mí.

Claro que, bien pensado, no tenía ningún motivo para hacerlo.

«¿Qué he hecho estos últimos días?», pensé, pero creo que lo pensé un poco tarde.

Después de decir cuatro o cinco monosílabos, el Bombilla colgó el teléfono.

—Perdona, Iván. Eh..., ¿dónde estábamos?

—En lo del alcohol —dije.

—Ah, sí. Pues tengo una mala noticia para ti, Iván —dijo.

Era la segunda vez que alguien me decía eso.

El Bombilla lo dijo sin atreverse a mirarme a los ojos, así que supuse que sería una auténtica mala noticia, de esas que no tienes ninguna gana de dar pero no tienes más remedio que dar.

Ya he dicho que el Bombilla no es un mal tío.

Guardó el parte de asistencia en una carpeta llena de partes de asistencia.

—Toma —dijo.

Abrió el cajón de su mesa y me entregó un sobre blanco, muy pequeño.

—Estás en una edad muy difícil —dijo.

Me pidió que la próxima semana le trajera la carta que había dentro del sobre firmada por mis padres.

—Hasta entonces no vuelvas al instituto —dijo—. Estás expulsado. Lo siento, Iván.

«Estás expulsado... Estoy expulsado», pensé.

Comprendí que el Bombilla no tenía la culpa. Al fin y al cabo él sólo era el mensajero.

Los dos parecíamos tristes.

—Ánimo.

Eso no lo dijo el Bombilla, lo dije yo.

Me lo dije a mí mismo, y creo que al mismo tiempo también se lo estaba diciendo al Bombilla. Por fin me miró.

Los profesores saben perfectamente los motes que les ponemos. Me imaginé al Bombilla en su casa, cenando con su mujer o con quien fuera, y pensando que todos en el instituto le llamábamos el Bombilla.

—Sí, ánimo —dijo él.

Antes de salir de su despacho aún me dijo algo más. Me dijo:

—Esta vez sólo ha sido una semana de expulsión. La próxima vez puede ser todo el curso.

Eso fue lo último que dijo.

Era una amenaza, pero sonaba como un consejo.

En realidad los consejos y las amenazas son como las verdades y las malas noticias: muchas veces son tan parecidos que es muy difícil distinguirlos.

Salí del despacho y fui andando hasta la puerta del instituto. Antes de marcharme, pensé que todo aquello no era justo, no podía serlo, aunque no sabía muy bien por qué.

Al salir, me crucé con un bedel que me miró con un gesto de extrañeza: todavía no era la hora de irse a casa. Le mostré mi sobre blanco y no tuve que darle ninguna explicación más. Aquel sobre era una especie de salvoconducto, pero sólo de ida: nadie me impediría salir del instituto, pero al mismo tiempo tampoco nadie me permitiría volver a entrar... hasta dentro de una semana.

Ya se había terminado el recreo y no había nadie por allí.

Fui andando hasta el Rompe.

Lo cierto es que el Rompe estaba tan cerca del instituto que era una verdadera tontería ir allí cuando te saltabas las clases. Cualquiera podía verte. Claro que ésa era parte de la gracia, arriesgarte a que te pillaran, supongo. O eso, o la mitad del instituto éramos completamente idiotas, porque la verdad es que todos íbamos al Rompe cuando hacíamos pellas.

Estaba claro que alguien, algún profesor que iba camino del instituto, me había visto con Samsa en el Rompe, bebiendo cerveza. Nunca sabré quién fue, pero supongo que eso es lo de menos. El caso es que ese alguien se lo había contado al de Matemáticas, y el de Matemáticas no se había conformado con saberlo, no: además se lo había contado al Bombilla, obligándole así a darme una mala noticia. Entonces recordé a Agustín hablándome con la boca llena y diciéndome aquello de *«do hay dada beor que um dzibato de biedda»*.

Me senté en el balancín de madera, cerré los ojos, me concentré y dije en voz baja:

—Soy un idiota.

Quería oírlo de verdad, no sólo en el interior de mi cabeza.

—Soy un idiota.

Me daba una especie de vergüenza hablar solo, pero por otra parte me sentí bien haciéndolo, así que lo repetí en voz alta, un poco más fuerte. Y más fuerte todavía:

—Idiota, idiota...

—IDIOTA.

Ese último «idiota» no lo dije yo.

Me giré y vi a Samsa.

Me alegré de verle.

No iba solo.

Detrás de él, a unos pocos metros, estaba Natalia.

Samsa y Natalia.

No sé si me sorprendió o no verlos juntos. De verdad que no lo sé. Era como si, a estas alturas, ya nada pudiera sorprenderme.

Simplemente, ahora sí supe dónde y con quién había estado Natalia el sábado por la noche.

Grité:

—IDIOTA.

Y Samsa me respondió:

—IDIOTA.

Los dos empezamos a reírnos. Así que Samsa podía reír.

Lo repetimos varias veces más hasta que la cosa dejó de tener gracia.

—Parecéis idiotas —dijo Natalia.

Por lo visto Natalia y Samsa habían decidido saltarse la clase que había después del recreo.

—Vaya numerito que has montado esta mañana con Agustín —dijo Natalia, que por supuesto ya se había enterado de todo.

—Yo no he montado nada —dije.

—«Yo no he montado nada» —dijo Natalia, imitándome—. Tú nunca montas nada. Eres un auténtico peligro público. Se dice así, ¿no? Peligro público.

—De eso nada, Natalia —dijo Samsa—. Iván hizo lo que tenía que hacer, y lo hizo, sí señor. Bien hecho, te felicito, Iván el Terrible.

Samsa no me había llamado así cuando tuvo oportunidad de hacerlo la primera vez que nos vimos aquí mismo, en el Rompehuesos. Supuse que ahora lo había dicho para hacerse el ingenioso delante de Natalia o algo así. Sé que no lo hizo con mala intención, lo que ocurre es que, cuando tienes cogida la mano de una chica que te gusta, es probable que le digas a los amigos alguna tontería que nunca dirías si no hubiera chicas delante. Suele ocurrir cuando tienes novia y todo eso.

De todas formas me molestó un poco, no mucho, pero sí lo suficiente como para apretar un poco los dientes y decir:

—Estoy hasta las narices del rollo ese de Iván el Terrible, ¿sabéis?

—Tranquilo, hombre —dijo Samsa—. Sólo era una broma, tío.

Natalia y Samsa se sentaron en un banco del parque y yo me quedé solo en el balancín. Pensé que un balancín para uno solo era un poco ridículo, pero decidí no moverme de allí. No quería que ellos pensaran que yo me sentía ridículo.

—Qué bien —dijo Samsa.

Tosió un poco y luego dijo:

—Por fin los tres juntitos.

—Ya os conocíais... —no sé si lo pregunté o si solamente lo afirmé, pero ninguno de los dos dijo nada.

No hacía falta.

Me imaginé que en el otro extremo del balancín había alguien sentado, sólo que no se movía. Natalia me preguntó por qué me había peleado con Agustín, y yo le dije que ella lo sabía de sobra y que ya estaba cansado de que todo el mundo me contara cosas y me pidiera cosas y me hicieran pensar que yo era el que más sabía, aunque luego resultaba que en realidad yo era precisamente el que menos sabía.

—¿Qué quieres saber? —dijo Samsa.

—Todo —dije—, bueno, nada, no sé..., nada. No quiero saber nada y quiero que todos me dejéis en paz. Sólo quiero estar bien. Sin líos ni nada.

—Muy bien —dijo Samsa—. De todas formas te lo explicaré en pocas palabras: Agustín quiere dejar a Natalia y Natalia quiere dejar a Agustín. Todos contentos.

—¿Seguro? —dije.

—Segurísimo, tío —dijo Samsa—. Lo que pasa es que Agustín es un poco capullo y le gusta hacerse el listo.

Ya no me importaba lo que quería Agustín.

—¿Y tú? —le dije a Samsa—. ¿Tú qué quieres?

—Aquí estoy —dijo él, cogiendo a Natalia de la mano.

Pensé que diría «aquí estoy desde hace más tiempo del que te puedas imaginar» o alguna cosa por el estilo, pero al final solamente dijo «aquí estoy».

Samsa era nuevo en el instituto, pero podía conocer a Natalia desde hacía mil o dos mil años. Creo que eso es lo que quería decir.

Natalia y Samsa estaban cogidos de la mano y parecía que eso les hacía sentirse muy bien.

Quise apartar la vista de sus dedos entrelazados, pero no pude. Así que intenté pensar en otra cosa.

Recordé que antes o después tendría que contarles a mis padres que me habían expulsado del instituto. Y que no se lo iban a tomar muy bien. Pensé que, si de verdad fuera uno de esos tíos peligrosos acostumbrados a hacer cosas raras, quizá no me importaría en absoluto lo que pensaran mis padres de mí.

134

Pero sí que me importaba, ya lo creo.

Mi padre no es un gigante, y mi madre no es ninguna bruja, ni mucho menos, pero cuando hay problemas se ponen muy serios, hasta les temo un poco. Cuando hay problemas y mi padre habla, yo callo y escucho, y jamás se me ocurre interrumpirle.

—Me han echado del instituto —dije.

Natalia soltó la mano de Samsa.

—¿Qué?

Samsa se levantó del banco.

—¿Del instituto? —dijo.

—¿Pero por qué? —preguntó Natalia.

—¿Para siempre? —dijo Samsa.

—No —dije—, sólo durante una semana.

—¿Y por qué? —volvió a preguntar Natalia.

Pensé: «Por faltar a clase, por pelearme en la puerta del instituto, por beber cerveza durante las horas de clase...»

Pero en lugar de eso dije:

—Porque soy peligroso —miré a Natalia—: soy un peligro público, tú misma lo has dicho.

—Sólo era una broma, nada más —dijo Natalia—. Tú no eres un peligro.

—Claro, tío, claro —dijo Samsa, y sacó su reloj de bolsillo, pero sin mirarlo—, tú no te preocupes, ya verás como todo se arregla. No te lo tomes como una expulsión. Hazte a la idea de que te han dado una semana libre y ya está.

—¿Se lo has dicho a tus padres? —dijo Natalia.

—No, todavía no...

—¿Y se lo vas a decir? —dijo Natalia.

135

—Creo que... no.

—Al final eso va a ser peor, Iván. Tienes que decírselo.

—Pero es que no sé cómo.

—Tú díselo y ya está.

—Haz lo que tú harías y punto —dijo Samsa.

—Ya —dije—. La longitud de una cuerda.

—¿Qué? —dijo Samsa.

—Nada, olvídalo —dije—. No he dicho nada.

Samsa le dio cuerda a su reloj de bolsillo.

Pensé que quizá con un reloj así también yo ligaría con Natalia o con cualquier otra chica sólo con proponérmelo. Pero en seguida pensé que no, que tener un reloj de bolsillo no tenía nada que ver con eso.

Samsa buscó la mano de Natalia y, cuando la encontró, dijo:

—Lo siento mucho, tío.

—Yo también lo siento —murmuré, mirando cómo volvían a unirse las manos de Natalia y de Samsa—. Bueno, ya se me ocurrirá algo.

Natalia no dijo nada, pero tuve la impresión de que era la que más lo sentía de los tres. Que me hubieran echado del instituto, quiero decir.

Me sentí muy solo, sentado en aquel balancín, sin nadie al otro lado. Deseé irme de allí como hacían en las películas, montado en aquel columpio como si fuera un caballo, galopando por el parque hasta desaparecer por el horizonte o por donde fuera.

Palpé el bolsillo de mi camisa y, por alguna razón, me tranquilizó comprobar una vez más que la cuchara de plástico del Burger seguía allí.

—¿Quieres probar? —me dijo Samsa de repente.

Al principio no supe a qué se refería. Sólo se me ocurrió mirar a Natalia y pensar: «Sí, me gustaría probar».

Luego miré el paquete de tabaco que Samsa me ofrecía.

—No sabía que fumaras —dije.

—Sólo de vez en cuando, sí. ¿Quieres probar?

—Yo no fumo —afirmé.

Sin embargo, alargué una mano y cogí un cigarrillo. Era de una marca que no había visto nunca: Les Îles Chiennes.

—Es francés. Se traduce como Las Islas Perras —dijo Samsa—. Lo compró mi hermano Mario en París, y el otro día le cogí prestado un paquete. Es muy suave, ya verás.

—Con esa tos y fumando —dijo Natalia—. No lo entiendo, Samsa.

—No pasa nada, mujer —dijo Samsa—. Un cigarrillo de vez en cuando no hace daño. No hay venenos, sólo hay dosis. Lo dijo Aristóteles, o uno de ésos.

—No me digas —dijo Natalia.

Samsa encendió mi cigarrillo y luego hizo lo mismo con el suyo.

«Mi primer cigarrillo», pensé.

Aspiré con fuerza y entonces noté como un incendio dentro de mis pulmones. Al principio Samsa y yo empezamos a toser. Tosíamos con tantas ganas que parecía que nos íbamos a romper en pedazos. Pero eso sólo ocurrió en las primeras caladas. No es que me gustara el sabor del cigarrillo, y tampoco creo que vuelva a fumar nunca más, pero en seguida le pillabas el truco y te acostumbrabas y ya no tosías. Eso es todo.

Samsa dijo:

—Voy a dar una fiesta.

—Sí —dijo Natalia, repentinamente animada—, hemos organizado una fiesta para esta noche.

—En mi casa, tío —dijo Samsa—. Mis padres se han ido de viaje y no vuelven hasta el sábado.

Samsa me dio una tarjeta blanca.

—Toma, es una tarjeta de visita de mis padres. Ahí está la dirección de mi casa; vivo justo enfrente del *hí-per*. Va a ser una fiesta estupenda, ya verás.

Me guardé aquella tarjeta en el bolsillo trasero de mis vaqueros.

—Una fiesta para celebrar... lo nuestro —dijo Natalia, mirando cariñosamente a Samsa.

—Eso —dijo Samsa.

—Pues qué bien —dije yo.

Tiré mi cigarrillo al suelo y con el pie cubrí de arena la colilla.

Estuve a punto de decir que de paso podíamos celebrar también el aniversario de la bomba atómica o algún otro acontecimiento especialmente alegre, pero no lo dije, por supuesto.

—Tienes que venir —dijo Natalia—. Va a haber mucha gente.

—Desde luego, tío —apoyó Samsa—. Serás nuestro invitado de honor..., algo así como el padrino de la fiesta, o lo que tú quieras.

—Sí —dijo Natalia—. Tú eres... nuestro amigo más especial.

138

Yo también pensé en mi amigo más especial, y dije:

—¿Pablo va a ir a esa fiesta?

—Pues claro que vendrá Pablo, hombre —dijo Samsa.

—¡Una fiesta! —dijo Natalia.

Yo iba a responder, pero justo en ese momento Samsa tuvo otro de sus ataques de tos, así que no dije nada.

Miré debajo de mi camisa. Las motas de sangre se habían secado, ahora eran manchas oscuras.

Esas manchas me hicieron recordar algo.

Entonces tomé una decisión.

Me levanté del balancín y dije:

—Os dejo, chicos. Tengo que ver a alguien.

—¿Te vas? —se sorprendió Natalia.

—Sí —dije yo—. Hasta luego.

—¿Ese «hasta luego» significa que vendrás a la fiesta, no? —dijo Natalia.

No respondí a esa pregunta. Di media vuelta y me marché de allí.

Oí cómo Natalia decía otra vez:

—Pero vas a venir a la fiesta, ¿no?

También oí cómo Samsa decía:

—Bah, déjale. Es un idiota.

«Seguro que aquélla sería una buena fiesta», pensé. Para el que le apeteciera ir a una fiesta como ésa, claro.

Capítulo doce

—¿Es usted un familiar?

En el hospital Juan Pablo Primero todo es tan blanco que la mayor parte de las personas que andan por aquí parecen fantasmas. El aire huele a medicina, y a alcohol, y a almidón para la ropa. Y hay mucha luz, también muy blanca.

—Jovencito, le estoy preguntando que si es usted de la familia.

—Casi —digo.

La enfermera me mira como si yo hubiera dado la respuesta equivocada en uno de esos concursos de la televisión.

—Las visitas de los «casi» familiares sólo son hasta la una y media. Lo siento mucho. Ahora los enfermos están comiendo.

—Bueno —digo—, es que en realidad soy un familiar lejano, pero familiar después de todo...

Con algunas personas, es suficiente con mirarlas un par de segundos a los ojos para saber si tienes delante a un cabeza cuadrada o a alguien razonable. No estoy hablando de intuición ni nada de eso. Estoy hablando de que te das cuenta y punto. Y esta enfermera es una de esas personas con la que te puedes entender, seguro que sí.

—Por favor —digo, poniendo mi mejor cara de buena persona.

—No sé, no sé yo... —dice la enfermera.

—Cinco minutos —pido—. Nada más.

—Cinco minutos. Ni uno más, jovencito —dice, y baja la cabeza, como si no quisiera saber nada más del tema—. Tercera planta. Habitación 323.

—Dios se lo pague —digo y, nada más decirlo, me suena rarísimo haber utilizado esa expresión.

Subo las escaleras del hospital de dos en dos.

Sólo tengo cinco minutos.

No sé lo que voy a hacer... Pero tenía que venir, tenía que hacer algo, aunque no sé el qué.

La puerta de la habitación 323 es igual que la puerta de las demás habitaciones, sólo que ésta tiene un cartelito en el que puede leerse 323.

Empujo la puerta muy despacio.

Entro procurando no hacer ruido.

En la habitación hay dos camas. Una de ellas está vacía, sin colcha ni sábanas ni nada. Y en la otra, la que está más alejada de la puerta, está tumbada la persona que he venido a ver, en pijama y con una bandeja de comida al lado.

Me acerco al señor Casado. Está muy viejo, mucho más que el día anterior, pero no está tan mal para haber sufrido un infarto, y ya no tiene puesta una mascarilla ni nada de eso. A lo mejor sólo ha sido un infarto pequeño o un amago de infarto o como se llame. Sea lo que sea lo que le ha ocurrido, no debe de ser tan grave como parecía cuando se lo llevó la ambulancia; de lo contrario no le permitirían recibir visitas.

El señor Casado me mira y lo único que me dice, en voz muy baja, es:

—Acércame eso, chico.

Cojo la bandeja de comida y la coloco con cuidado en su regazo.

—Está usted muy bien —digo.

Él mueve la mandíbula como si se estuviera preparando para comer y no le importara nada de nada lo que yo le digo.

En la bandeja sólo hay una servilleta, un vaso de agua y un tazón lleno de una especie de puré.

El señor Casado sigue moviendo la mandíbula.

«No quería decirle lo que le dije en el ascensor», pienso. Pero no lo digo. No me sale.

Busco algo para ayudarle a tomar el puré, pero no encuentro ningún cubierto en la bandeja.

Miro a los ojos al señor Casado. «Perdón —pienso—, perdone.»

Me palpo el bolsillo de la camisa, saco la cuchara del Burger, abro el sobrecito de plástico en el que está envuelta y la introduzco en el tazón.

Le doy al señor Casado una cucharada de puré.

Es un puré blanco y grumoso. No tiene un aspecto muy apetitoso, la verdad.

Le doy otra cucharada y él abre un poco la boca y se la toma.

142

Nunca pensé que fuera a utilizar aquella cuchara de plástico para esto, pero aquí estoy, en la habitación 323 del hospital Juan Pablo Primero, dándole la comida al conserje del bloque de pisos donde yo vivo.

El señor Casado me mira como si quisiera decirme algo pero no supiera cómo. Creo que los dos estamos a gusto en este momento. Siento que todo está... bien, no sé cómo explicarlo.

Entonces oigo cómo se abre a mis espaldas la puerta de la habitación. Me vuelvo y veo aparecer a una chica morena, de pelo largo y con los ojos muy verdes y muy grandes. Es una chica realmente guapa. Debe de tener la misma edad que yo, más o menos.

—Ya estoy aquí, abue... —empieza a decir la chica.

Ella me mira y yo la miro.

Nos miramos durante un buen rato.

Me fijo en que lleva una cuchara sopera en la mano.

—Y tú..., ¿quién eres?

Eso no lo digo yo, lo dice ella. Estoy a punto de decir «yo ya me iba» o algo parecido, pero al final respiro hondo y digo:

—Yo soy Iván.

Me mira fijamente, con curiosidad, como si yo le recordara a alguien pero no supiera exactamente a quién.

—¿Te conozco? —me pregunta.

—Creo que no —digo.

—Pero conoces a mi abuelo...

—No. Bueno, sí. No mucho, quiero decir.

Miro un instante al señor Casado. Está comiéndo-

143

se él solo el puré con la cuchara de plástico del Burger. Luego miro otra vez a la chica y digo:

—Es el conserje del bloque de pisos donde yo vivo.

—Ah, ya —dice ella—. Yo soy Patricia.

—Patricia —digo.

No lo digo por nada especial; solamente quiero pronunciar en voz alta su nombre.

—Patricia —digo otra vez.

—Sí —dice ella.

Patricia se acerca a su abuelo y se coloca frente a mí, al otro lado de la cama.

—¿Y esta cuchara de plástico, abuelo?

El señor Casado mira a su nieta; luego me mira a mí. Creo que hay una pequeña sonrisa en sus labios, aunque no estoy seguro. Entonces siento cómo su mano se posa suavemente sobre la mía. Es una mano de tacto áspero, cálido.

«El señor Casado me está tocando la mano», pienso.

—Los jóvenes de hoy... —dice el señor Casado en voz muy baja, como si le costara mucho hablar—, buena gente, sí señor.

Así que eso es lo que quería decir el señor Casado cuando decía eso de «los jóvenes de hoy». Nunca se me habría ocurrido pensarlo, pero ahora que he escuchado la frase completa me alegro mucho.

—Se la he dado yo —digo—. La cuchara de plástico.

—¿Y de dónde la has sacado? —me pregunta Patricia.

144

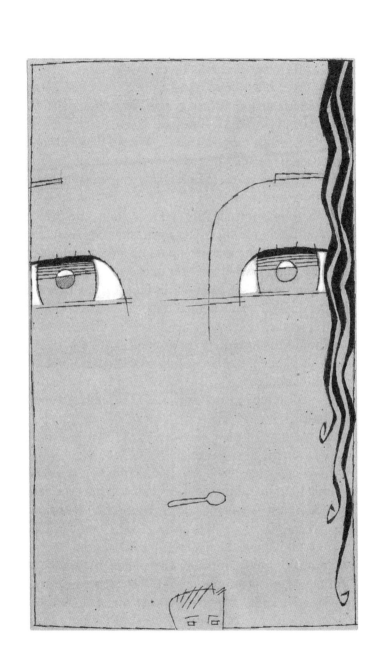

—La llevaba en el bolsillo de mi camisa.

—¿En el bolsillo de tu camisa? ¿Y por qué llevas una cuchara de plástico en el bolsillo de tu camisa?

—Bueno... —digo—, no sé...

—Gracias de todas formas..., Iván —dice Patricia, mirándome con esos increíbles ojos verdes—. En fin, si lo llego a saber, no me recorro medio hospital para encontrar una.

Cuanto más miro a Patricia, más guapa me parece y, cuanto más me mira ella a mí, más nervioso me pongo. Por eso me parece que ha llegado el momento de irme. Siempre he pensado que, cuando estás nervioso por una chica, lo mejor es largarse de allí antes de que digas o hagas alguna tontería de la que luego te arrepientas.

Ahora sí que digo:

—Yo ya me iba. Me esperan en casa para comer.

También digo:

—Que se mejore, señor Casado. Y quédese con la cuchara.

Y:

—Hasta luego..., Patricia.

Justo antes de salir por la puerta, me doy la vuelta y veo a Patricia mirándome. Es como si me estuviera diciendo «por favor, sácame de aquí», o algo así, no sé.

Pero no hago nada.

Pienso con todas mis fuerzas: «Ojalá ésta no sea la última vez que la veo».

Por los pasillos me cruzo con médicos y enfermeras yendo de un lado a otro con cara de estar muy

146

preocupados por algo. Los médicos sí que tienen que saber cómo dar una mala noticia.

«Ha sido un infarto. Lo siento mucho.»

O:

«Prepárese para lo peor.»

O más cosas así.

Eso sí que son malas noticias de verdad.

Cuando llego a la planta baja, veo a mis padres a lo lejos, en el mostrador de recepción. Mi padre está hablando con la misma enfermera que hace un rato casi no me deja entrar a ver al señor Casado. Bueno, mi padre no está hablando con ella. Más bien está discutiendo.

—Nada de eso, nada de eso —está diciendo mi padre en ese momento—. Ya le he dicho que mi mujer y yo no somos familiares, pero...

Me las podría haber arreglado para marcharme sin que ellos me vieran. Y tal vez habría sido lo mejor. Pero en lugar de eso, me quedo allí en medio. Sin moverme.

Mi padre es el primero en verme. Se queda con la boca abierta.

—¿Y tú qué haces aquí? —me dice.

—Iván... —dice mi madre.

Ella está también tan sorprendida que de momento no dice nada más.

—He venido a ver al señor Casado —digo—. Me he enterado porque en el recreo he ido a casa justo cuando se lo llevaba la ambulancia.

—¿Y para qué has ido a casa en el recreo? —me pregunta mi madre.

—O sea, que has perdido clases —dice mi padre, como si perder unas cuantas clases fuera la cosa más grave del mundo.

Yo voy a decir algo, pero mi madre se me adelanta. Mira a mi padre y dice:

—Bueno, tampoco es para tanto...

Luego mi madre me mira a mí, me revuelve el pelo con la mano y dice:

—Lo importante es que has venido a ver al señor Casado, y ése es un detalle muy amable por tu parte, Iván.

Mi padre mira a mi madre como si la diera por imposible y luego continúa su discusión con la enfermera del mostrador.

—Bueno, señorita —dice—, vamos a ver: ¿vamos a poder pasar o no? Sólo va a ser un momento, ya ve...

Mi madre me dice:

—Tu padre y yo ya hemos comido. Te he dejado tu comida en el horno. Porque ahora vas a casa, ¿no?

Luego me coge de la barbilla, acerca su cara a la mía y me pregunta:

—¿Pero se puede saber cómo te has hecho eso? Tienes... Iván, tienes una herida en el labio.

—No es nada —digo, y retrocedo un paso.

—Iván, ¿qué te ha pasado?

—Naaada.

Entonces, de repente, sin pensarlo mucho, decido que un hospital es el sitio perfecto para que mis padres se enteren de la mala noticia que tengo que darles. Así me quito un buen peso de encima. Saco de mi carpeta el sobre blanco que me ha dado el Bombilla y se lo entrego a mi madre. Noto que el corazón empieza a latirme muy deprisa, como si tuviera una de esas bombas de relojería dentro del pecho.

—Mamá...

—¿Sí?

—Me han echado del instituto por una semana.

Mi madre se lleva una mano a la boca, como si quisiera reprimir un grito. Mi padre, aunque estaba discutiendo con la enfermera del mostrador, ha oído perfectamente lo que he dicho y ha vuelto su cara hacia mí.

—¡¿CÓMO?!

—Iván, ¿pero de qué estás...? —dice mi madre.

—Papá, mamá —digo, mirándolos a los dos, pero sobre todo a mi padre—, hoy me he fumado un cigarrillo.

Mi padre se acerca a mí y me agarra de un brazo y empieza a zarandearme.

—A ver —dice—, ¿pero qué estás diciendo, Iván?

Mi madre se tapa la cara con una mano.

Mi padre aprieta más aún su mano en torno a mi brazo.

—Papá —empiezo a decir—, me estás haciendo da...

Mi padre me mira con esa expresión suya de «no me hables hasta que no hagas lo que se espera de un chico de catorce años como tú».

Entonces miro hacia otro lado y lo que veo hace que mi corazón bombee sangre con más fuerza todavía.

Patricia.

Patricia sale en ese momento del ascensor y se dirige directamente hacia donde estamos mis padres y yo. Lleva al hombro una pequeña mochila, de esas que se utilizan para llevar libros y cosas así a clase.

Mi madre habla en susurros, parece que está a punto de echarse a llorar.

—Te has peleado con alguien —dice—, seguro. Por eso tienes el labio así...

Mi padre está diciendo:

—Por eso te han echado del instituto, no me lo puedo creer, qué decepción, Iván, qué...

Patricia y yo nos miramos. Ahora soy yo el que la mira con un gesto de súplica. Ahora soy yo el que le está diciendo: «Por favor, sácame de aquí».

Y eso es exactamente lo que hace esa chica de grandes ojos verdes.

Sacarme de allí.

Rescatarme.

Patricia se acerca mucho a mí, me coge de la mano y dice:

—Perdona por haberte hecho esperar, Iván, pero ya sabes cómo es mi abuelo.

La miro con los ojos muy abiertos, como si no acabara de creerme lo que está ocurriendo, pero en seguida me doy cuenta de que seguirle el juego a Patricia no me cuesta nada.

Nada.

—Papá, mamá —digo—, ya hablaremos luego, ¿vale? Ahora tengo que irme. He... quedado para comer con Patricia.

Es curioso: durante un breve instante, mi padre me

tiene cogido del brazo al mismo tiempo que Patricia
me tiene cogido de la mano.

—Papá, mamá, ésta es Patricia. El señor Casado es
su abuelo. Patricia, éstos son mis padres.

—Hola —dice Patricia.

—...Hola —dice mi madre.

—Humm —dice mi padre.

Mi padre me suelta el brazo y mi madre se pone a
mirar el sobre blanco que le acabo de dar como si ese
sobre encerrara en su interior la clave para comprender todo lo que está ocurriendo.

Antes de que ninguno de los dos pueda decir nada
más, me voy de allí con Patricia sin volver ni una vez
la vista atrás.

Afuera brilla el Sol, hace un día verdaderamente
estupendo.

Y Patricia no suelta mi mano.

Seguimos andando deprisa, cogidos de la mano y
sin saber muy bien hacia dónde caminamos.

En ese momento, y aunque sólo dura un segundo o
dos, me siento capaz de llegar a cualquier parte con
Patricia a mi lado.

—Gracias —digo sin mirarla.

—Te marchaste tan pronto que... —dice Patricia.

No estoy muy seguro, pero creo que Patricia se ha
sonrojado un poco.

—Me quedé... —continúa diciendo—, bueno, me
quedé con ganas de conocerte, Iván. Llevo toda la mañana en el hospital y ya estaba aburrida, ¿sabes? Y entonces te vi y...

—Ya —digo.

Después de un rato, nos paramos en una esquina de la calle. Miro hacia atrás y ya no veo el hospital por ninguna parte.

—¿Qué te ha pasado en el labio, Iván?

—Tropecé.

—Tropezaste.

—Sí.

—¿No tienes hambre? —dice—. Podríamos ir a comer una hamburguesa o una pizza.

—Sí, pero... yo tendría que pasar antes por mi casa para cambiarme de camiseta. No puedo ir así por ahí.

No sé por qué lo hago, pero el caso es que lo hago: me desabrocho la camisa y le enseño a Patricia las manchitas de sangre de mi camiseta.

—Iván, ¿eso es sangre de tus labios? —me pregunta.

«Sangre de mis labios», pienso, pero lo que digo es:

—Sí —digo—. Es sangre, ya ves.

—Mira, en mi mochila llevo una camiseta limpia.

—No, yo...

—Que sí, tonto. La he traído para después de la clase de Gimnasia, pero como al final no he ido a clase por lo de mi abuelo... Te la puedo prestar, Iván. No pasa nada.

Acabo de darme cuenta de una cosa: Patricia dice muchas veces mi nombre al dirigirse a mí, y eso me gusta.

Me gusta mucho.

Quiero decir que me encanta cómo suena mi nombre dicho por ella.

152

«Yo soy Iván —pienso—, tú eres Patricia y tienes cogida mi mano.»

Meto la mano libre en el bolsillo trasero de mis vaqueros y calculo al tacto cuánto dinero tengo. Creo que algo más de dos mil pesetas. Es el último dinero que me queda y, después de lo que ha pasado, no creo que mis padres me den más en mucho tiempo, pero no me importa.

Con este dinero voy a poder ir a comer con Patricia y eso es lo único que cuenta.

Entramos en un VIPS que encontramos de camino y nos sentamos en una mesa de dos, uno frente al otro. Estamos un rato mirando la carta. Luego levanto una mano y llamo a un camarero para que venga a tomarnos nota.

Me doy cuenta de que es la primera vez que llamo a un camarero estando sentado en una mesa con una chica.

Pedimos una pizza para compartir, una ensalada de esas que tienen un montón de cosas y dos Coca-Colas.

—¿No te apetece un helado, Iván? —dice Patricia—. A mí me vuelve loca el helado de chocolate blanco que hacen aquí.

Las cosas nunca son perfectas, ya lo sé, pero a veces pueden parecerlo.

A Patricia le volvía loca el helado de chocolate blanco.

Así de sencillo.

Y yo estaba casi a punto de volverme loco por Patricia.

Han ocurrido algunas cosas un poco extrañas en los últimos días, pero de repente me siento bien. Algo nervioso, pero bien.

Bien no; mejor que nunca, diría yo.

—A mí también me gusta el helado de chocolate blanco —digo—. El chocolate blanco es una de las cosas que más me gustan.

—¿En serio?

—En serio.

—Bueno, pues lo podemos pedir ahora, así no tendremos que llamar otra vez al camarero —dice Patricia.

Luego mira al camarero y pide:

—Un helado de chocolate blanco.

Me mira a mí y dice:

—Podemos compartirlo. Aquí los hacen muy grandes, y yo nunca puedo con uno entero... ¿Pedimos sólo uno?

—Sólo uno —digo.

Cuando el camarero se va, Patricia busca en el interior de su mochila y saca una camiseta blanca cuidadosamente doblada.

—Anda, ve a cambiarte mientras nos traen la comida —me dice dándome la camiseta—. Supongo que te valdrá.

—Ahora vuelvo —digo.

En los servicios de caballeros me acerco la camiseta de Patricia a la cara. Huele a limpio, como a ropa recién planchada. Luego me quito mi camiseta y me pongo la suya.

Es una camiseta completamente blanca. Sin dibujos ni letras ni nada. Blanca por delante y blanca por detrás.

Me quito mi camiseta, me pongo la de Patricia y me miro en un espejo.

Me quedo un rato ahí, de pie, mirando mi cara, y entonces decido practicar durante unos instantes mi ejercicio mental favorito: intentar dejar de pensar en presente para imaginar cómo serán las cosas cuando el tiempo haya pasado por ellas.

Pero no lo consigo, no puedo ver nada.

Y de pronto me doy cuenta de que me tranquiliza no saber lo que va a ocurrir en el futuro. Ya sé que en realidad nunca lo he sabido, pero a veces yo creía que sí, y me preocupaba tener que pensar en las cosas buenas y malas que podían suceder y que podían escapar a mi control.

Sin embargo, es como si ahora ya no pudiera ver el futuro porque no estaba en ningún sitio, sino que dependía de mí; podía ir adonde yo quisiera.

El caso es que esta camiseta blanca que no es mía me queda muy bien y además me gusta llevar puesta una camiseta de Patricia y me gusta mirarme en el espejo con ella puesta.

Normalmente, cuando veo mi imagen reflejada en un espejo, no me reconozco, igual que cuando escuchas tu propia voz grabada y piensas que ése no puedes ser tú. Pero ahora, es como si esta camiseta me hubiese cambiado tanto que por fin puedo reconocerme a mí mismo al mirarme en el espejo.

«Vamos, Iván, te están esperando», pienso.

—Sí —le digo a mi reflejo en el espejo—. Sí, sí, sí.

Hago una bola con mi camiseta manchada de sangre y la arrojo a una papelera. No quiero volver a ver esta camiseta nunca más.

Cuando vuelvo a nuestra mesa, veo que ya han servido toda la comida.

—No te queda mal del todo —comenta Patricia.

—Me siento como nuevo —digo.

Cojo mi silla y la cambio de sitio: ahora no me siento enfrente de ella, sino al lado de ella.

—No puedo esperar a terminar la pizza para comerme el helado —dice Patricia—. No puedo resistir la tentación.

—Yo tampoco —digo—. Venga, vamos a probarlo.

Y entonces nos damos cuenta de que el camarero ha traído de todo menos cucharas para el helado.

—Deja —digo—, voy a pedirle al camarero...

—No, espera —dice Patricia—. Un momento.

Patricia introduce una mano en su chaqueta y saca una cuchara sopera de metal.

—Me la he traído sin darme cuenta —dice—. Al final mi paseo por el hospital ha merecido la pena.

Voy a compartir un helado de chocolate blanco con la chica más guapa que he visto en mi vida. Y nos lo vamos a tomar con una cuchara sopera de hospital.

Increíble pero cierto.

—Yo primero.

Eso lo dice Patricia, no yo.

Patricia limpia con una servilleta de papel la cuchara del hospital y luego la hunde en la copa del helado. Muy lentamente, tomándose todo el tiempo del

mundo, se la lleva a los labios, cierra los ojos y dice:

—Hummmmm...

Abre los ojos y me da la cuchara. Yo estoy a punto de meterla en la copa, pero entonces me doy cuenta de que en el fondo de la cuchara todavía queda algo de helado. Patricia no se lo ha comido todo, así que me llevo directamente la cuchara a los labios y saboreo el helado que ella se ha dejado.

—Hummmm —digo yo también, y no me siento nada ridículo diciéndolo.

Una cucharada lleva a otra cucharada y, cuando queremos darnos cuenta, ya nos hemos comido casi todo el helado.

—Patricia —digo.

Patricia levanta la vista del helado y me mira con esos ojos verdes suyos.

—Patricia —digo otra vez.

—Dime, Iván.

—¿Te apetece...?

—¿Sí...?

—¿Te apetece venir esta tarde a una fiesta?

Capítulo trece

Patricia me dio un beso. Un solo beso.

Y no me lo dio en la mejilla.

La casa de Samsa era una casa grande, pero ahora que sus padres se habían ido de viaje parecía más grande aún.

Era una buena fiesta: música, bebida y gente con ganas de pasárselo bien. Un buen montón de gente que yo no conocía de nada y también otro buen montón de gente que sí conocía.

Lo primero que hice nada más llegar a la fiesta fue presentarles a Patricia. Me sentí un poco raro haciéndolo, pero sobre todo me sentí raro, raro de verdad, cuando tuve que decir:

—Natalia, ésta es Patricia. Patricia, ésta es Natalia.

No estaba mi amigo Pablo, pero tampoco pregunté por él: era la persona que más me apetecía ver en esos momentos y pensé que aquello era razón más que suficiente para que él viniese.

Ya he dicho que había mucha gente por todas partes. Aunque el equipo de música estaba en el salón, podías encontrarte gente por el pasillo, por la cocina y por cualquier sitio de la casa donde mirases.

Vi a Patricia al fondo del salón haciéndome señas y abriéndose paso con dos vasos de plástico en las manos.

Cuando por fin llegó hasta donde yo estaba, me dijo:

—No te encontraba.

Y me señaló con los ojos uno de los vasos, que estaba lleno de Coca-Cola, para que yo lo cogiera.

—Gracias —dije.

—Gracias —repitió ella.

Y fue entonces cuando Patricia me dio un beso. Un solo beso.

Y no en la mejilla.

Después Patricia se acercó a Natalia y las dos se pusieron a hablar. Me gustó que se cayeran bien desde el principio, pero creo que sentía un poco de celos de todo el mundo, incluso de Natalia, de cualquiera que se acercara a Patricia.

Supongo que tenía miedo de que pasara algo malo.

Mientras Natalia y Patricia hablaban, Samsa me cogió del brazo y me presentó a algunos amigos suyos. Luego me llevó al otro lado de la habitación y, señalando a Patricia, me dijo:

—Vaya, vaya, qué bomboncito, ¿eh?

Al pronunciar la palabra *bomboncito* parecía que se le llenase la boca de aire y que se iba a atragantar, y no me gustó nada.

Lo dijo otra vez más:

—Qué bomboncito, tío.

Bebí un trago de mi vaso.

—Nos hemos conocido hoy —dije.

—Ajá: Iván el Terrible —dijo él—. Más terrible que nunca.

Le miré y pensé que no tenía ninguna gracia.

A lo mejor estaba arrepentido por no haberme contado lo suyo con Natalia desde el principio. O a lo mejor no le importaba nada en absoluto no habérmelo dicho.

—Quería decirte... —dije— que he seguido tu consejo.

—¿Mi consejo? ¿Qué consejo?

Samsa miraba todo el rato por encima de mi hombro, como si estuviera pendiente al mismo tiempo de otros dos millones de cosas.

—He caminado por la sombra, como tú dijiste.

—Ah sí..., eso.

—Sí, y al final las cosas no me han ido tan mal.

—Eso ya se ve, ya se ve —dijo Samsa, saludando con la mano abierta a alguien que pasaba detrás de mí.

—Muchas gracias por todo, Samsa —dije.

Ahora sí que me prestó atención.

—De verdad —dije—. Gracias.

Movió la cabeza y dijo:

—No nos pongamos cursis, tío. ¿Qué somos? ¿Tíos de catorce años o un par de niñitos?

—Lo que tú digas, Samsa. Pero gracias de todos modos.

La música estaba muy alta. Sonó el timbre del por-

161

tero automático un par de veces, aunque tal vez llevaba sonando una hora y no lo habíamos oído.

—El timbre —dijo Samsa—. Hay tanta gente aquí...

Me dio un golpe en el hombro y me dijo:

—El telefonillo está en la cocina, según entras a la derecha... ¿No te importa abrir, verdad?

Después desapareció de mi vista y no le volví a ver.

Fui al final del pasillo, descolgué el telefonillo y pregunté:

—¿Sí?

—¿Vive aquí Gregorio? —dijo una voz.

—¿Eres Pablo?

—Sí. ¿Y tú quién eres?

—Anda, sube.

Salí al rellano de la escalera a esperarle. Y antes de que él pudiera salir del ascensor, entré yo.

Le agarré muy fuerte y le dije:

—Tengo una buena noticia que darte, Pablo.

—¿Ah, sí?

—La buena noticia es... que me alegro mucho de verte.

Luego Pablo y yo salimos del ascensor y nos sentamos en los primeros peldaños de las escaleras que conducían al piso de arriba. Yo había dejado medio abierta la puerta del piso de Samsa y hasta nosotros llegaba el sonido de la música y de la gente.

Pablo parecía un poco triste.

—¿Sabes? No pensaba venir a la fiesta... Mi hermana me ha dicho tantas veces que viniera... Pero no pensaba venir.

162

—Pero has venido —dije—. Has venido.

—Ya me he enterado de quién es el otro, el que estaba con Belén, ya lo sé. Es Agustín, tío. Agustín. El mismísimo novio de mi hermana, bueno, el ex novio de mi hermana, claro. ¿Sabes que lo han dejado? Ahora Natalia está con Gregorio, con Samsa, o como se llame, y... Últimamente todo ha ocurrido tan deprisa que yo...

—Sí, ya lo sé, ya lo sé. ¿Pero tú cómo estás?

—¿Que cómo estoy? Tú verás, tú verás... ¿Tú cómo estarías si te enteraras de que tu novia se ha enrollado con el novio de tu hermana?

—Hecho un verdadero lío —dije sin pensar.

—Exacto —dijo él.

Y luego añadió:

—Parece uno de esos culebrones mejicanos. Lo venía pensando: al final Belén tiene lo que quería, Agustín tiene lo que quería, Natalia tiene lo que quería, todos tienen lo que querían. Todos... menos yo.

—¿Y tú qué querías?

—Yo quería a Belén.

—¿Estás seguro, Pablo?

—Sí, no sé..., a lo mejor no. Yo qué sé...

Los dos nos levantamos de las escaleras casi al mismo tiempo.

—Hoy tampoco has ido a clase, tío.

—Pues no...

—¿Y qué te ha pasado en el labio?

—Nada. Tropecé.

—Así que tropezaste.

—Sí.

—Tropezaste con Agustín, ¿no?

Por lo visto ya le habían contado lo de mi pelea con Agustín en la puerta del instituto y todo eso.

—Lo has hecho por mí, ¿verdad, Iván? Te has pegado con ese idiota por mí...

—Bueno, yo...

—No deberías haberlo hecho. Ese tío podría haberte pegado una paliza, o incluso dos, pero te lo agradezco mucho, de verdad. Nadie había hecho nunca algo así por mí. Te has..., te has peleado con el tío con el que Belén me estaba engañando. Perdona por todo lo que te dije ayer. Yo no sabía nada... Eres el mejor amigo que tengo, Iván.

—Bueno, venga ya —dije—. No nos pongamos cursis. ¿Qué somos? ¿Tíos de catorce años o un par de niñitos?

De repente subió el volumen del ruido que venía de la fiesta. Alguien había abierto un poco más la puerta del piso de Samsa.

Era Patricia. Estaba en el umbral de la puerta, mirándonos con esos ojos verdes suyos.

—Iván, ¿qué haces ahí? —dijo—. La fiesta es aquí dentro.

—Ven, Patricia —dije—. Quiero presentarte al mejor amigo que tengo.

Patricia se acercó un poco.

—Patricia, éste es Pablo —dije—. Pablo, ésta es Patricia.

—Hola, Pablo —dijo Patricia.

—Hola, Patricia —dijo Pablo.

Se dieron dos besos y luego Patricia dijo:

164

—Bueno, hombrecitos, yo me vuelvo a la fiesta. No tardéis mucho, ¿eh?

—Ahora mismo vamos —dije.

Cuando Patricia desapareció otra vez tras la puerta, Pablo me miró con una de sus sonrisas maliciosas y me dijo:

—Qué guapa es, tío. ¿De dónde la has sacado?

—No la he sacado de ninguna parte. En realidad ha sido ella la que me ha sacado a mí. Me ha rescatado.

—No me digas.

—Esta tarde me sacó de un hospital. Es una de esas cosas que suceden algunas veces. Ya te lo contaré.

—Sí, ya me lo contarás —dijo.

Pablo y yo entramos en el piso.

Estuvimos en la fiesta dos o tres horas más.

Creo que nos lo pasamos bastante bien. Pero en realidad yo no dejaba de pensar que esa misma noche tenía que volver a mi casa y que seguramente tendría que hablar con mis padres de lo de la expulsión y de todo.

«No es nada fácil dar una mala noticia cuando la noticia se refiere a ti mismo», pensé.

Cuando terminó la fiesta, acompañé a Patricia hasta su portal. Antes de despedirnos, le dije:

—Hoy me han echado del instituto.

Ella me dijo:

—¿Y qué han dicho tus padres?

—No lo sé. No les he dejado que digan nada.

Miré a Patricia a los ojos y pensé que tenía mucha suerte de haberla encontrado.

Después de que ella se fuera, estuve dando una

vuelta por la calle. Era muy tarde, casi las doce de la noche, y yo tenía que llegar a casa a las diez y media, y me habían echado del instituto, y mis padres no iban a estar muy contentos...

No tenía ganas de subir a casa, pero de todas formas subí.

Mi madre estaba esperándome levantada.

Estaba sentada en el sofá que hay enfrente de la televisión, sólo que la televisión estaba apagada.

Pensé que querría hablar conmigo, así que me senté a su lado.

—¿Has cenado? —me preguntó.

Miré a mi madre y vi que me estaba hablando en serio, así que dije:

—He tomado algo.

Mi madre desde luego no parecía muy alegre.

Se levantó y me dijo:

—¿Estás bien?

—Sí, mamá.

—Tu padre estaba preocupado —dijo—. Mañana hablaremos.

Y se fue a su habitación.

Me quedé allí solo, en el salón de mi casa.

Le di al mando de la televisión, pero no porque quisiera ver la televisión, sino porque no sabía qué hacer con las manos ni con nada, y apareció un locutor en la pantalla que dijo que este año la sequía era tan preocupante en algunas ciudades del Sur, que seguramente tendrían que comprar agua a otras ciudades del Norte a las que les sobraba.

Me pareció que había oído aquella noticia un mi-

166

llón de veces y, sin embargo, hasta esa noche nunca me había parado a pensar en inmensos trenes o barcos o lo que fuera llenos simplemente de agua que llevaban de un sitio a otro. Una cosa como el agua también podía llegar a ser muy valiosa.

Le di a otro botón del mando a distancia.

No sé lo que esperaba encontrar. Quizá uno de esos programas de tertulia adonde llevan a un montón de famosos y hablan sobre cómo son los jóvenes de hoy y explican a todo el mundo cómo somos los jóvenes y al final siempre terminan diciendo que, aunque hacemos cosas muy raras, en el fondo no somos tan malos, y que además el futuro del país está en nuestras manos. He visto varias tertulias de ésas y siempre dicen lo mismo. Pensé que, si encontraba una esa noche, me gustaría llamar para dar mi opinión sobre el tema, aunque la verdad no sé muy bien cuál es. Mejor le diría al señor Casado que llamase él.

Pero no encontré una tertulia en ningún canal.

Así que dejé al locutor ese hablando de la sequía y del agua. Me pareció que sería lo que menos me molestaría.

Me quedé dormido en el sofá.

Tuve un sueño.

Si uno se para a pensarlo, fue un sueño bastante tonto.

Patricia y yo viajábamos en globo. Esta vez era un globo normal, no con la forma de mi cabeza ni con ninguna otra forma extraña. Era un globo blanco y no sabíamos a dónde íbamos, pero tampoco nos importaba demasiado. Lo que estaba claro es que no quería-

167

mos llegar hasta el Sol ni nada de eso. Creo que viajábamos por un montón de países o algo así, no estoy seguro.

Y ya está. No pasaba nada más. En serio.

A veces, que no pase nada puede ser una buena noticia, aunque no siempre.

A lo mejor algún día tengo un globo de verdad y me voy por ahí a dar una vuelta con algunos amigos.

Me despertó una música: el himno nacional.

Estaban poniendo el himno nacional en la tele.

Allí estaba la bandera, ondeando al viento. El himno sonaba muy fuerte.

Lo ponen todas las noches antes del cierre de la emisión. Por lo menos en la televisión pública. Eso lo sé ahora, pero en ese momento no lo sabía y me sorprendió bastante, la verdad.

Debían de ser casi las tres o las cuatro de la madrugada.

Pensé que cualquiera que me viera allí sentado, medio dormido, escuchando el himno nacional en la televisión a esas horas, diría que soy un ganso. Y no sólo estoy hablando de mi madre. Incluso Patricia diría que soy un ganso.

Tener catorce años no es nada sencillo.

Deberían dar un manual de instrucciones al cumplirlos. Un manual de bolsillo, que se pueda llevar a cualquier parte.

No un diccionario enciclopédico en catorce volúmenes.

Capítulo catorce

Mi primer día de instituto no fue el primer día de instituto.

Los demás ya llevaban una semana de clase. Y me miraban como si fuera un tío con mucha suerte por haberme librado de los primeros cinco días. Eso de la suerte ya se sabe que es muy relativo, y más todavía en un caso como éste.

El viernes habíamos tenido una reunión importante en el despacho del Bombilla: mis padres, el director del instituto, el profesor de Matemáticas y el Bombilla. También estaba yo, pero no estuve mucho tiempo.

El profesor de Matemáticas, además de ser profesor de Matemáticas, era mi tutor; por eso estaba allí.

El director primero se disculpó ante mis padres porque, al parecer, su despacho estaba en obras.

Luego me miró a mí y dijo:

—Es una cuestión de disciplina.

El Bombilla dijo:

—Está en una edad muy complicada. Catorce años...

El profesor de Matemáticas dijo:

—Antes de aprender a multiplicar, hay que aprender a sumar.

El profesor de Matemáticas siempre dice frases así, de esas que en realidad significan otra cosa.

Mi madre dijo:

—¿Dónde va a estar mejor que aquí?

Y mi padre dijo:

—Eso. ¿Dónde va a estar mejor que aquí?

A mí se me ocurrieron unos dos millones de sitios mejores que ése, pero preferí callarme.

Luego el Bombilla me preguntó si yo estaba verdaderamente arrepentido de mi comportamiento. Yo dije que sí.

—Sí —dije.

También me preguntó si pensaba cambiar de actitud y dejar de saltarme las clases. Y yo dije que sí.

—Sí —dije.

El director me miró como si no terminara de fiarse de mí. Me pidió que saliera del despacho.

Salí del despacho y se quedaron ellos cinco dentro.

Se pasaron un buen rato allí metidos. Y no se oía nada.

Yo me sentía como uno de esos acusados por homicidio que esperan el veredicto del jurado. Sentado en un enorme banco de madera. Escuchando el sonido de una máquina de escribir que provenía de otro despacho.

Pensé que iban a dejarme ahí fuera todo el día.

Cuando por fin salieron, parecían muy satisfechos. También parecía que se habían hecho muy amigos los cinco.

El profesor de Matemáticas me miró con gravedad y dijo:

—Dos rectas paralelas no llegan a juntarse nunca. Recuérdalo.

A continuación me comunicaron que el lunes podía volver al instituto. Que en lugar de una semana, la expulsión sólo duraría tres días. Que habían tomado esa decisión para que no perdiera más clases.

Yo les di las gracias a todos y me largué de allí con mis padres.

Durante el camino de vuelta, mi padre encendió un cigarro.

Ninguno de los tres decíamos nada.

Justo un momento antes de llegar a casa, mi padre me miró de reojo y me preguntó:

—¿Hace mucho que fumas?

Pensé que lo mejor sería decirle la verdad.

—Yo no fumo, papá. El otro día me fumé un cigarro, pero yo no fumo.

Mi padre no me preguntó nada más.

Y mi madre me pasó una mano por la cabeza, como suele hacer, y me dijo:

—Todos queremos ayudarte, Iván.

Me castigaron sin salir de casa durante ese fin de semana y sin paga durante todo el mes.

El castigo era por mi bien. Eso lo sé porque me lo dijo mi madre, y también mi padre.

Ahora también sé que lo peor de una mala noticia no es que no sepas decirla, ni que la gente te confunda a ti con ella, ni siquiera todo el tiempo que te pasas dándole vueltas. Lo peor de una mala noticia es que es una mala noticia.

Esto puede parecer una tontería, y a lo mejor lo es, pero si uno lo piensa un momento, sólo un momento, se da cuenta de que es la pura verdad.

Así que mi primer día de instituto fue el siguiente lunes. Una semana después del auténtico primer día de instituto.

Llegué un poco tarde a clase porque antes de entrar tuve que pasar a ver al director un momento. Me advirtió que tuviera mucho cuidado de ahora en adelante con lo que hacía y después me mandó a mi clase.

—Ahora ya puedes ir a clase —dijo.

Nada más entrar, vi que había dos sitios libres. Uno estaba al final de la clase, justo al lado de Samsa. Y el otro también estaba en la última fila, pero cerca de las ventanas, donde se sentaba Pablo.

Fui andando con la carpeta y los libros en la mano hasta la mitad de la clase aproximadamente. Pablo aún no me había visto entrar; estaba escribiendo algo en su cuaderno. Samsa sí me vio, y me hizo señas con la mano para que fuera a sentarme a su lado.

Yo saludé a Samsa levantando un poco la mano derecha. Di dos pasos más y en ese momento una voz seca dijo:

—Dos rectas paralelas nunca deberían juntarse.

Me di la vuelta y vi al profesor de Matemáticas con una silla en la mano. Dejó la silla delante de la prime-

172

ra fila de pupitres, muy cerca de la pizarra, y me dijo que ése iba a ser mi sitio de momento.

También me dijo que tendría que esforzarme para recuperar el tiempo que había perdido.

Fue un día muy largo.

En todas las clases, la gente ya iba más adelantada que yo. Tuve que pedir apuntes para ponerme al día, preguntarles a los profesores si me podían explicar algunas cosas... En fin, tuve que esforzarme para recuperar el tiempo perdido.

Aquello era como ir montado en el caballo más lento de todo el grupo y saber que no puedes hacer nada para alcanzar a los demás.

Cuando terminaron las clases, fui con Pablo y con otra gente del instituto al Rompehuesos. Samsa no vino porque dijo que tenía que esperar a que saliera Natalia.

—Últimamente no te he visto toser, Samsa —dije.

—Últimamente estoy mucho mejor —dijo él.

En el Rompe, con Pablo y los demás, estuvimos hablando de los nuevos profesores de ese año, del Bombilla y de otras cosas así. También nos metimos con los de COU, que iban por todas partes como si fueran los dueños del instituto, y luego nos tomamos unas Coca-Colas.

Después de todo, no estaba tan mal volver a clase.

Además de nosotros, en el Rompe había unos niños pequeños jugando en los columpios.

Había dos niños que estaban montados en los neumáticos, y los demás los empujaban con fuerza, aunque no estaba claro si lo hacían para ayudarlos a columpiarse o para que se cayeran y pudieran subirse ellos.

Cada vez los empujaban con más fuerza, y los dos niños que estaban allí subidos se reían más y más y no se daban cuenta de que, si se caían, se iban a dar un buen golpe. Yo sí me di cuenta.

Sobre todo había una niña que empujaba con mucha fuerza y que llevaba unos leotardos azules y agarraba el neumático con las dos manos. Luego lo impulsaba con todo su cuerpo. Aquella niña no se parecía a ninguna niña que yo hubiera visto antes.

—¿Dónde estás?

—¿Qué? —dije.

—Que dónde estás, tío —dijo Pablo.

Los demás se rieron.

—Creo que han venido a buscarte —dijo Pablo.

—¿A mí? —dije.

Y entonces ocurrió.

Una de esas cosas que siempre les ocurren a los demás, pero que hasta ahora nunca me habían ocurrido a mí.

Delante de nosotros había una moto.

No era una moto demasiado grande, sino una de esas motocicletas de color blanco que tenían algunos en el instituto; pero era una moto.

Y la que estaba montada en la moto era Patricia. Tenía los ojos más verdes y más grandes del mundo.

Me lanzó un casco a las manos. Era un casco con una pequeña «I» pintada en uno de los lados. Después me dijo:

—¿Quieres dar una vuelta?

Todos miraban la moto, y a Patricia y a mí, y yo pensé que iba a morirme de envidia de mí mismo, así que antes de que algo se estropeara, me subí a la moto.

Patricia arrancó y yo me agarré con fuerza a su cintura. Al salir, eché un último vistazo al columpio. La niña de los leotardos azules estaba ahora subida en uno de los neumáticos.

Patricia aceleró un poco. En seguida perdí de vista el instituto.

—¿Dónde vamos? —dije.

—¿Dónde quieres ir?

De momento no respondí nada.

Ya se me ocurriría algo.